Gentleness

Is

Strength

小轨 —— 著

总有一次
忍住不哭
让我们瞬间长大

台海出版社

图书在版编目（CIP）数据

总有一次忍住不哭　让我们瞬间长大 / 小轨著. --
北京 : 台海出版社, 2022.1
　　ISBN 978-7-5168-3168-7

　　Ⅰ. ①总… Ⅱ. ①小… Ⅲ. ①散文集 – 中国 – 当代
Ⅳ. ①I267

中国版本图书馆 CIP 数据核字（2021）第232828号

总有一次忍住不哭　让我们瞬间长大

著　　者 : 小　轨

出 版 人 : 蔡　旭
责任编辑 : 俞滟荣

出版发行 : 台海出版社
地　　址 : 北京市东城区景山东街 20 号　　邮政编码 : 100009
电　　话 : 010-64041652（发行，邮购）
传　　真 : 010-84045799（总编室）
网　　址 : www.taimeng.org.cn/thcbs/default.htm
E－m a i l : thcbs@126.com

经　　销 : 全国各地新华书店
印　　刷 : 北京盛通印刷股份有限公司
本书如有破损、缺页、装订错误，请与本社联系调换

开　　本 : 880 毫米 × 1230 毫米　　　1 / 32
字　　数 : 200 千字　　　　　　　　印　　张 : 7.5
版　　次 : 2022 年 1 月第 1 版　　　印　　次 : 2022 年 1 月第 1 次印刷
书　　号 : ISBN 978-7-5168-3168-7

定　　价 : 58.00 元

目录 CONTENTS

Part 1　以为错过了是遗憾，
**　　　　其实是自己侥幸躲过一劫**

01_　矫情，不过是你起初没弄懂深情　/ 002

02_　善于伪装的"渣男"最可恶　/ 007

03_　不要在最美的年纪低眉顺目　/ 013

04_　有没有爱对人，看他发的朋友圈就知道　/ 018

05_　我的爱，麻烦你收好　/ 024

06_　"钝刀割肉"般经典表现：

　　　我问他还爱不爱我，他说不知道　/ 028

07_　分手还需要仪式感？你就是想复合　/ 034

08_　给失恋中的你七条止痛建议　/ 040

Part 2　家，有时是家，有时只是个房子而已

01_　女人过了 30 岁就该降低标准要求吗？　/ 048

02_　别让两个人之间的事，成为两个朋友圈的事　/ 053

03_　你对家务活的态度，暴露了你婚姻的质量　/ 058

04_　嫁给那个能让你夜里睡得好的人　/ 065

05_　被人养着比独立更辛苦　/ 071

06_　如果可以，请对父母再多一些耐心　/ 076

07_　被"蛀虫式父母"毁掉的孝顺孩子　/ 082

08_　好好活着，就是你给爸妈最好的礼物　/ 088

09_　饭要自己吃，梦想请自己实现　/ 095

10_　被视而不见的大人毁掉的孩子们　/ 099

Part 3　我从不跟差点意思的人周旋

01_　什么样的情况，让你产生了删好友的冲动？　/ 106

02_　懂分寸的人，更值得交往　/ 112

03_　为什么人越长大就越懒得去维系关系？　/ 117

04_　为什么朋友圈会让我们不快乐？　/ 122

05_　真正好的交情，不需要对谁解释　/ 128

06_　成年人之间的关系有多脆弱？说错一句话，

友情就没了　/ 132

07_ 有一种好友是礼貌性加上的，别当真 / 137

08_ 别人没问你意见，你最好闭嘴 / 143

09_ 我不孤单，孤单只是情绪泛滥 / 149

**Part 4 职场上最能替你说话的，
就是一份好的成绩表**

01_ 太多人问我们挣多少，却没人关心
我们过得好不好 / 156

02_ 屹立不倒的目标，要靠内心的渴望去实现 / 162

03_ 别人没义务一定要回你消息啊！ / 167

04_ 最好的工作方式，便是不吃任何无意义的苦 / 172

05_ 生活就是打击的循环，
崩溃一下真不代表你完了 / 177

06_ 普通人的成事节奏，心情要走在事情前头 / 183

Part 5 请保持初心不改，奔赴下一场山海

01_ 那一刻，我懂得了人心 / 190

02_ 你学不会拒绝，那就只能学会受苦 / 195

03_ 对于心术不正的人，一定要不动声色地远离 / 200

04_ 永远不要相信一个赖账的人 / 205

05_ 远离喜欢"慷他人之慨"的假仁义 / 211

06_ 长大不是变得冷漠，而是变得温暖 / 217

07_ 生活不是你活过的样子，而是你记住的样子 / 223

08_ 一生所爱，等不到你"有钱了再说" / 228

总有一次忍住不哭
让我们瞬间长大

Part 1

以为错过了是遗憾，
其实是自己侥幸躲过一劫

那一句句欲言又止的隐忍，

那一次次怕人看到又怕人看不到的矛盾，

那些天不怕地不怕的张扬，

背后都有一个能让你鸡飞狗跳、淡定不了的人。

01
矫情，不过是你起初没弄懂深情

1/

有男性读者问我，等不到回信息就要生气的女人，是不是很矫情？
我这刚好有个故事，还正好是一个小伙子自己讲给我的。

他半夜搓麻将玩兴奋了，一开始媳妇（他习惯叫他女朋友媳妇）
问他几点回去，他说快了快了，越是到后边，他越是懒得应对，索性
直接把手机关了。

他媳妇不会开车，打电话问他的兄弟，都支支吾吾不说实话。半
夜下着大雪，她只好深一脚浅一脚地挨家去他常去的几个据点找他。
好不容易找到他，他还挺撮火，觉得没面子。

他媳妇木木地站在那儿，只说了一句话："你关机了，我怕你出
事儿。"

他一听火更大，大声嚷嚷："我能出什么事儿？你说我能出什么
事儿？还不是你想管我，矫情什么啊你？"

像这种一个太嚣张，另一个太小心的爱情，往往走不到头。

去年年底，她嫁人了，但新郎不是他。

那天他醉得不省人事，因为他听说，婚礼上，主持人把话筒递给

她，让她对老公提几点要求的时候，她说，好好地活着就行。

现场没有唏嘘，新娘这边的几个闺蜜在底下悄悄抹眼泪。

后来，他才知道，她那天之所以下着大雪出来找他，是因为她的前任，就是出车祸去世的。而且，手机关机。

从此她最害怕的事，就是爱的人，让她找不到。

你说到什么程度就算矫情了？

上班路上看到一辆同样颜色的车，会猜你是不是坐在驾驶位上；一个人兀自走着，猛然抬头看到一个跟你穿着同款卫衣的人，会忍不住快走两步看看是不是你；商场里听到一阵"咯咯咯"的笑声跟你特像，会马上转身望去。

没辙，就是这样。

一个人深爱你，就是会习惯性地在人群中不停地找你。

2/

上海虹桥火车站。

一个老人原地徘徊，神情焦急，念叨着"去厦门，接妻子回来"。

老人从上衣口袋拿出一张泛黄的照片，上面写着"摄于爱妻 36 岁生日"。

他儿子说，父亲几乎忘记所有，唯独记着母亲名字，可母亲两年前已去世……

老人得了阿尔兹海默病，也就是我们俗称的老年痴呆。一个人没事儿的时候，总是在家转悠着找自己的老伴，找不到，就会认为老伴回娘家了，所以常常念叨着去厦门接她回来……

之前也出走过几次，但是没出小区大门便被找回来了，没想到这次家人出门买菜了没注意，他一路独自来到了火车站。

何为矫情？
何为深情？

一张妻子 36 岁生日的照片，虽泛黄，却时时揣在身上。
一位得了老年痴呆记不住生死的老人，却唯独记得老伴的娘家在厦门。
一个随时会走丢的男人，却想尽办法让自己弄明白火车站怎么走。

情到深处的矫情，不过是，老来多健忘，唯不忘相思。

3/

在知乎网上看到一个帖子，一个姑娘从小的青梅竹马，也是现在的老公，木讷寡言，不善表达。

有天半夜，她突然醒来，发现老公两眼含泪地看着她，眼圈红红的，给她吓了一跳，不知到底发生了什么。

她老公哽咽着说，就是莫名其妙做了不太好的梦，醒来想到自己满打满算也不过是再能陪她个五六十年就没了，突然就觉得害怕又难过。

姑娘说，这是头一次听到老公对自己说这么矫情的话。
但她一点都不觉得矫情，鼻子一酸，就哭了。
因为她了解，这种情到深处的怕失去，到底是怎么一回事。

《琅琊榜》里，听闻青遥妻子难产而死，梅长苏悲从心起，咳嗽不止。

飞流问梅长苏病会好吗，梅长苏说会。然后他指了指自己胸口，眼睛是红的，脸上却是笑的。

"会好的，因为人的心会越变越硬。"

对，会好的。

从第一次紧张你而号啕大哭，到后来眼圈一红，沉默无语。

从第一次没收到你消息彻夜未眠，到后来手机一关，不再反复惊醒挣扎着去看。

这一切的矫情，都会好的。

当他的心，越变越硬。

4/

太在意你的人，就是会给你发条消息都要改几十遍，反复揣度用词，反复删减字数。

唯恐少一字欠表达，多一字你嫌啰唆。

太在意你的人，就是会在意你对她说话时的口气，是拒她千里之外，还是毒辣到压根不在乎她听到你这么说会不会难过。

很多人开玩笑说，女人最不讲理的一点，就是吵架的时候抛开一切逻辑，无视是非对错，只是绝望而大声地指责你："你竟然敢吼我？"

没错。

人有时候就是会变成这样矫情的。

喜怒皆因为你一句话，哀乐要看能不能陪你到两眼昏花。

她想尽办法给你仪式感，不是闲得没事干。
她努力在生活中给你小惊喜，不是贱得难受。
只是情到深处，一个人就是会莫名其妙有些矫情。
只希望你，受之无愧。

02
善于伪装的"渣男"最可恶

1/

今天早上一睁眼，我在后台收到了一个非常有意思的提问。

姑娘问，轨姐，怎样识别"渣男"的伪装呢？

讲个故事你就明白了。

一个 1989 年出生的无锡姑娘，曾在一个行业峰会上跟我邻座，就一直保持联系到现在。

她爸爸妈妈都是国企干部，自己在外企混得也是如鱼得水，年薪稳定在百万级，相貌谈不上惊艳，但也是清秀干净，看起来很顺眼。

唯一不太顺利的，就是谈对象。

她自嘲是易吸引"渣男"体质，前后谈过三次恋爱，对方一个比一个"人渣"。

最"人渣"的那个"借"走了她 20 万后跟别的女的比翼双飞了，她往回要的时候，"人渣"竟然贱兮兮地说："反正你现在挣得多，要么跟我复合，要么这钱就当给我分手费了。"

简直卑鄙。

姑娘吃一堑长一智，以为现在终于练就了一眼就能看出"渣男"

特征的本领。

前不久终于"时来运转"，遇到了一个文质彬彬的精英。

博士学位，185 厘米的大个头儿，六块腹肌，连微微一笑都带着一股帅得没有天理的气息，而且人家是认真的。刚跟她认识一周，就主动带她去见了家长，之后顺理成章地见了女方家长，举手投足间尽是教养颇高的儒雅与风度。

这下姑娘的家人炸开锅了，说她苦尽甘来捡到大便宜了。

她也很得意，寻思自己前段时间去庙里求的桃花签显灵了，8000 块钱买来的那条招桃花的粉晶手串实在太值了。

三个月后，她再一次被命运之神遗弃。

这一次，比任何一次都更让她大开眼界。

其实，这男的一开始根本没看上这姑娘，但令人叫绝的是，人家有一套自己的淘汰理论：决定继续交往之前，先去女方家里看一看，如果女方家里条件不错，就继续联系；如果不咋地，回去就文质彬彬地拒绝。

小姐妹家里可是住的那种带泳池的别墅啊，一进屋都有佣人伺候你换鞋啊。

这男的一下眼睛里放光了，一出小区门口竟然主动抱起姐妹，说刚下雨地面太湿怕她把鞋子弄脏。

偶像剧桥段是不是？被这么一个精英大帅哥宠爱，小姐妹当然瞬间失去了"来时候也下雨为啥就不怕她鞋子弄脏"的基本逻辑判断。

不久后，这男的开始干涉她的穿衣风格、交友圈子，还从淘宝上买了监听软件监控她的一举一动，一生气就拉黑她，还会打电话给她妈抱怨她回家晚。

用这姐妹的话来说，时间一长发现这男的就跟个小娘们儿似的。

最终姐妹不堪其扰提出分手，这下"渣男"的本性一下爆发出来了。

猜怎么着？去她单位闹，下班路上堵；当动手推搡的时候，被姐妹的男同事拦下了。

姐妹打电话向家里人求助的时候，家里人根本不相信这男的竟这么没素质，还让她不要太挑剔……

是不是很惊讶？

所以，你看出来"渣男"是如何伪装的了吗？

伪装起来的"渣男"，当你谈起他时，别人都说："你说某某某？怎么可能？他很好的，一定是你自己有问题吧。"

2/

"渣男"可以分两种，一种是毫无伪装的"渣男"，一种是善于伪装的"渣男"。

毫无伪装的"渣男"容易识别，狼藉的名声，猥琐的外表，骗完就溜，永远不会认为自己有错，还动手打女人……

总之，就是明显到人人喊打。

这种人的危害性很直接，多数女生都可以防患于未然，躲着点儿就成。

但要是遇上善于伪装的"渣男"，你就是倒了八辈子血霉了。

善于伪装的"渣男"具有很强的伪装性和很长的潜伏期。

再智慧的姑娘，遇上衣冠楚楚文质彬彬的帅哥，也容易丧失理智。

即便是少数不以貌取人的姑娘遇上了善于伪装的"渣男"，也得花上相当长的时间才能发现他的狐狸尾巴。

有些"渣男"，甚至可以很好地把自己一直伪装到婚后才肆无忌惮。

他们依然坚定地秉承"生米煮成熟饭"后，女人就会妥协的传统歪理。

很有可能，只要不触动他的核心利益警戒线，你甚至以为自己简直就是被上帝眷顾的小仙女，所以才会得到这样美好的小哥哥呀。

3/

那么，如何快速鉴别"渣男"呢？

（1）小心那些第一印象就臻于完美的谦谦君子。

很多男生，初见有些拘谨，点菜也并不从容，但他会笨拙地借上厕所的工夫赶紧把单买了。如果你回去后回他消息的速度慢了些，他就自行宣告了自己没戏的结局。

多数情况，雨果叔叔的判断是靠谱的：男人遇到真爱时第一反应是胆怯，女人遇到真爱的第一反应是勇敢。

那些在你面前从不出差错，跟你相处起来游刃有余的男人，很有可能是在飙演技。

（2）服务生测试法则。

这是流行的一种测试人品的办法。

据说一个人对待餐厅服务生的态度，最能暴露其真实的一面。

有些"渣男"没什么脑子，会明着对服务生颐指气使，一言不合就嚷嚷着叫你经理来；善于隐藏的"渣男"，会以一种优雅的姿态从服务生那里获取可鄙的优越感，点盘鹅肝酱让服务生推荐一款酒，人家如果推荐甜白酒，他会马上微微一笑说香槟和鹅肝酱才是绝配，你自己体会一下。

一个男人，如果只是待你和善，对外人却是蛮横无礼，你就需要万分小心。

因为，一个男人对陌生人无意流露出的态度，很有可能就是他一年后待你的方式。

（3）警惕情绪反复无常却对你很好的男人。

这种男人最有危害。

你知道为什么有些女人遭遇了家暴却下不了决心离婚吗？

因为有些男人前脚把你打得鼻青脸肿后，第二天能跪在地上求你再给他一次机会，然后就要亲自下厨做饭，跑出去买礼物给你惊喜。当你庆幸自己没有离开这样一个好男人时，他再一次打了你，之后又是无尽的真诚与体贴。

暴虐与柔情的循环，最容易把一个女人折磨得精神恍惚、放弃挣扎。

4/

我一个同学，每次男朋友来看她，返程票都等着她来买，亏她男朋友工作两年多了，而她还是个靠家里给生活费过活的学生。

更有意思的是，有一次，他俩通着话，她手机一下停机了，然后这铁公鸡竟然主动给她交了100块钱话费，可把她感动坏了。

第二天骄傲地跟我们说："你看，他还是舍得给我花钱的吧。"

结果你猜怎么着，自那天以后，那男的就隔三岔五地让我同学给他充话费，一次二三十元。后来分手，同学掐指一算，这几次加起来，还比他给自己充的多了80块钱。

更精彩的桥段还在后边。

同学提了分手后，这男的开始往回索要东西，但他根本就没送过她什么东西啊，合计了一下，想起来了，他送过她一个暖水袋。

真是可以用哭笑不得来形容那一刻的心情了。

你以为一个暖水袋他就会放过？不可能的。

来要的时候，这男的说，是因为他姥姥腰不好，所以得要回去给他姥姥用。

听听，多感人的理由，你听了都受不了！

你看，真正善于伪装的"渣男"，在行"人渣"之事的时候，总能找出冠冕堂皇的理由，让你吃尽苦头却说不出他的半点儿不是。

所以，那些第一眼看上去不像"渣男"的混蛋，才最混蛋。

03
不要在最美的年纪低眉顺目

1/

有段时间，我一打开后台留言箱，就被那些恋爱中的"渣男"气得气不打一处来。

这种冲动的情绪，经常让我莫名忧伤，需要在花园里的阳光才能缓解，为了避免这种突如其来的精神折磨，我索性一周都没去看留言箱。

但昨天半夜我失眠手痒，扔下床头的那本残书，点进去后，得到这样一个气人的故事。

一个还在上高中的姑娘问我："男朋友又把我拉黑了，您有什么好的建议吗？"

对，她用了一个"又"字。

从她讲述的零零碎碎故事里，我大概理清了俩人的交往模式。

这姑娘跟"拉黑狂人"是从高中时开始好上的，后来"拉黑狂人"顺利考上了一所 985 大学，她却因为发挥失常没考好，发誓要跟男朋友考入同一所大学，咬牙回去复读。

于是，俩人交往的方式变成了每隔两周一次，她要用从生活费里抠出来的钱买车票去看望他。

异地恋嘛，不分年龄，谈过的人都知道，电话里头你侬我侬的时候让你以为有情饮水饱，但一句话没说到对方心坎里去，爱情当场也就没了。

这奋发中的姑娘在这段异地恋里，就这么不停地死去活来。

晚上想好了这次一定要等他来道歉，半夜才发现，她已经被拉黑了。

想好了这次分手，正好好好复习，还没等她展示决绝，她又一次被拉黑了。

说了买好车票去见他，检票口都过了，火车都上了，却发现对方又把她拉黑了。

她拼命地添加，对方拼命地拉黑。

无数次死去活来的精神对决，他们分手了又复合，复合了又分手……

但这次，她到了他学校门口了。

他说他不在，然后又把她拉黑了。

她慌了。

因为她根本不知道他的寝室在哪座楼，哪个房间。因为他每次都成功把她堵在学校门口，直接领她去学校门口的拉面馆吃饭，然后再重归于好。

可这次，他明知道她又来了，也没来学校门口等着，还把她拉黑了。

以前俩人还能通过好友请求互相质问几个回合。但这次，她好友请求发过去，一直被拒绝。

就这样，她竟然能毫不气馁地问我："男朋友又把我拉黑了，你有什么好的建议吗？我真的放不下他。"

当然有。

2/

普通朋友之间，被拉黑，你知道这是交情已尽。

为什么到了交往对象这儿，你就非要解读成情侣间闹矛盾一时兴起的任性？

你凭什么要做那个一次次跪求和好、跪求被通过好友请求的人？

再成熟的感情，也不要允许对方用这种方式来试探你的底线。

摁着你的尊严在地上来回摩擦的人，要么不怕失去你，要么还没到值得你托付的年纪。

你不能在自己最美的年纪就习惯了做一个低眉顺目的"好"姑娘。

有段时间我注意到奇女子 Candy 同学的朋友圈呈现出抽风似的更新，发现了一坨外观像坦克的狗粪便要欢喜一下，发现风驱逐了一片红枫叶子三米远后在空中打转转要感慨一下，发现飞机闪着警示灯混入满天星空要思念一下。

总之，一个在商界里杀人不眨眼的"女魔头"，突然变成了一个柔软的诗人。

连去她小区收纸壳子的老汉都知道她谈恋爱了。

因为老汉都乘电梯下到一层准备蹬上三轮车去别家了，她手里又抱下来一个装苹果的纸箱子，热情地硬是塞给老汉，像交付孩子一样郑重："大哥，您拿着！"

只是过了一个多月的光景，她中毒似的狂刷朋友圈的行为戛然而止，Candy 又在朋友圈里销声匿迹了。

我怕她出事儿，赶紧给她拨了个电话。

Candy 接起电话来，还是哈哈哈哈的。

只是这次哈哈得有点假。

"想不到老娘一把年纪了，竟然被一个帅哥给制服了。心动的感觉真好啊，就是关系反复不定，一会好了，一会砸了，很烦人。一开始我还愿意哄，哄成功了一和好特别有成就感，可一个月就能折腾出五个来回。去他的吧，不伺候了，直接给他拉黑了。"

"那你还好吗？"

Candy 又在电话那头哈哈哈，过了一会说，没什么好不好的，反正也是有好处的。

嗯？

我终于不用那么做作了，别人讨厌，自己也讨厌。

嗯。

你努力迎合，低眉顺目、卑躬屈膝，别人不会因此而喜欢你，但你自己一定会因此而讨厌自己。

3/

网易云热评里有一句扎心的留言：告诉我用什么样的频率找你，你才不会厌烦？

很多人在遇到自己心动的人的时候，会把自己搞得很累。

对方有消息发来，瞬间高兴得手舞足蹈，但自己握着手机点开关掉、点开关掉，却从来不敢主动发一条消息过去，怕打扰，怕对方觉得自己太过纠缠，太过吵闹。

爱情的确应该小心谨慎，但永远不可能是委屈自己，伪装自己，每天去演一个不是自己的自己，去哄对方开心。

《花样年华》我看过不下六遍，我始终记得那个萧瑟的背影说过的那句话，两个人在一起时，只有自己做得好是不够的。

卡夫卡说，生活将以铁一般的逻辑，粉碎任何发自内心的疏离和背叛倾向。

那些靠你不断退让、时刻卑微维系着的爱情，大多会"烂尾"。

04
有没有爱对人，
看他发的朋友圈就知道

1/

深夜一点多，熬夜写稿写得睁不开眼，顺道刷了一下朋友圈。

又是珍珍在刷屏。

她这种状态已经持续了一个月了，白天笑靥如花地购物，晚上多愁善感洒鸡汤，次日清晨把一晚上的矫情、痛斥、怨恨、控诉，一股脑儿全删干净，"毁尸灭迹"，然后白天继续笑靥如花地购物。

以至于几个朋友私底下怀疑她好像有点精神分裂了，甚至暗暗屏蔽了她。

没人愿意被负能量粘上，她也不想。

可她忍不住。

珍珍的老公是上门女婿，标准的"凤凰男"，考公务员的目的，就是进入仕途后让老丈人拉扯自己一把。可就在调任升职的关键点上，老丈人急性心肌梗死一下就过去了。

这个一度对珍珍言听计从的男人，当天晚上就夜不归宿，连电话都不接了。

后来吵架吵急眼了，男的指着怀着孕的珍珍大骂，说："你爸死就死吧，为什么偏选这个节骨眼去死？"

这一刻，珍珍终于明白了，当初为什么会有那么多人劝她再考虑考虑。

当初大家都觉得这小伙子太会来事儿，心思太活络，不适合珍珍这种从小被家人保护得太周全的单纯姑娘。

珍珍当然不信，说这些人都是在戴着有色眼镜看人。

这下小伙子的狐狸尾巴露出来了。

她开始寻死觅活，用离婚威胁，试图挽回。

男人当然不会理会，继续在外边寻欢作乐。

他说离婚可以，要她主动带着肚子里的孩子净身出户，而且不准对外人说他一个字的不是，否则就一直拖着。如果打官司，一审基本上判不离，再上诉那就是半年以后的事儿，看谁拖得过谁。

为了尽快离婚，珍珍只好对他的恶劣行径只字不提。深夜一来，她就疯了一样刷屏，发一堆负能量的东西，第二天醒来又一条条地删除干净。

我问她，心情不好就发泄出来，干吗发了就删、删了又发啊？

她咬咬嘴唇，说："我讨厌上一秒愚昧失控的自己。"

听着真是心酸。

美国作家威廉·杜朗曾说，生活的每一个细节，其实都带着某种幸福。

其实，生活的每个细节也会带着某种不幸。

凌晨发了一条雨夜的心情的朋友圈，不是因为她多有闲，而是内心缺少让她不再失眠的安定。

朋友圈里的状态发了又删、删了又发，不是因为她爱折腾，而是那颗备受煎熬的心，在死去活来地反复自我否定。

朋友圈里的蛛丝马迹，都藏着一个人幸运或不幸的现状。

2/

有一对明星夫妻，他们的婚姻，起初是女强男弱，很多人不看好。

因为他们说，势均力敌的爱情才最可靠。

两人相识时，男方只是个新人，而女方是一个大他 5 岁、已经颇有名气的电视剧花旦。

但从 2012 年公布恋情以来，俩人至今还是腻歪得像热恋中的情侣。

在荧屏面前，俩人一对上眼，就总是忍不住亲到一块，至于抱抱、撒娇、眉目传情这样的动作，更是随心所欲。

有人会质疑，他们这就是在作秀。

但了解幸福、体会过幸福的女人都知道，只要爱到了对的人，日子就是过得甜到齁，甜到人人都看不太惯。

女方微博上的每一条状态，都几乎被老公和儿子承包。

很多女明星会顾及身段，不能太主动，否则会给网友留下自己太倒贴的口实。

所以你看到的明星夫妻在微博上的互动状态，多数都是男方祝福女方，然后女方再娇滴滴地回应。

女神嘛，不要面子的啊？

但到了她这儿，她从不斤斤计较。

她怀孕期间的状态，是他给自己一丝不苟地抹防妊娠油；

接广告的状态，是趁机秀一把夫妻同框的大片；

男方参演电影的宣传期，她毫不避讳地刷屏式为他疯狂点赞；

连他翻唱一首歌，她都会像女粉丝一样赶紧转发并配上一句：好听得有些伤感。

没有因为自己更有名气，就流露出一丝压迫人的优越感；没有因为自己是女生，就要求对方在公众面前更匍匐，更弱势。

为什么？

因为她不需要标榜，不需要彰显，不需要表演。

因为她有一个即便是深夜一点结束工作，也会等自己到深夜一点的老公。

这些自然流露的生活琐碎，这些百秀不厌的恩爱，都只是因为一个对的人，赋予了你天不怕地不怕的底气。

3/

有个哥们儿抽风，毕业的时候突然甩了自己相爱五年的女朋友（因为是医学院，所以是五年），转去追求一个有夫之妇，非说那个女人在舞池中旋转的一瞬间特有的成熟魅力击中了他。

这个神经病变得像是被人下了蛊一样，偏执、冷酷、不通人情。

原先的温暖、体贴一夜之间全无，连他女朋友打电话告诉他自己怀孕了，试图挽回，都被他冷冰冰地以 5000 块钱挡了回去。

之后，这女孩儿好像想通了，有一周的时间都杳无音讯。
但一周之后，朋友圈的状态突然就失控了。

喝一杯咖啡要发状态，换一双布鞋要发状态，跟朋友聚餐要发状态，阳光太刺眼也要发状态，一天能更新五六十条。
这哥们儿跟我们喃喃地抱怨，她这什么意思啊，魂不守舍的。
我说，没什么意思，只是说明她还爱着一个"渣男"。
失恋的人，要么变哑巴，要么变诗人。

那些拼命更新的每一条朋友圈，不过是在恳求那个不再可能的人再看一眼。

你看，我没有你依然可以过得很好啊；你看，我今天能吃得下饭了呢；你看，我也是有朋友陪的；你看，你不要我还是有人要我的啊。

这一条条求而不得的朋友圈，不过是她爱错了一个人的寂寞盛宴。

4/

每一条朋友圈，都藏着百般滋味。
更新朋友圈的频率几近疯狂，不过是她太过焦虑，所以要不断地透露自己的状态好让某个人抽空关心自己。
突然晒出跟别的男生的微信聊天记录，不过是因为你不再那么在乎她了，于是她弄个假想敌来，抱着一线希望看看你是否还会吃她的醋。

生日那天突然截了满屏的红包图片发出去，不是因为她虚荣到暗示你也转钱，而是她需要烘托一种被爱包围的假象，好让自己暖和一点儿。

那些轻描淡写的晚安，都藏着无处安放的孤单；那些眼中有光的凝视，都闪着此生可期的温暖。

那一句句欲言又止的隐忍，那一次次怕人看到又怕人看不到的矛盾，那些天不怕地不怕的张扬，背后都有一个能让她鸡飞狗跳、淡定不了的人。

所以，有没有爱对人，看她发的朋友圈就知道。

05
我的爱，麻烦你收好

1/

可能是年龄大了，今年过年聚在一起的时候，遇到了好多特悲观的人。

他们吃肉时神情涣散，聊天时尽是敷衍，问起近况来遮遮掩掩，要散场的时候想方设法地留住大家陪他"青春不散"。

海哥大概就是这样一个典型。

开着阿斯顿·马丁来跟我们说人间无真情。

海哥这两年做海鲜生意发了财，把所有的钱敛了敛，还卖了一套小面积的房子，去换了这么一辆惹眼的车。

海哥说，这几年女人走马灯似的换，换来换去，还是觉得初恋最好。什么时候找她，都能在微信上秒回，半夜喝多了电话打过去，从来听不到一丝不耐烦，别的女人只要一"扶正"就管东管西，只有初恋一直不温不火地给他自由。每年情人节他都给初恋寄礼物、金链子、化妆品、包，变着花样送，但初恋一样不少地给他退了回来，说受之无名，不能要。

海哥急了，就问她："那送你啥你能要呢，你自己说。"

初恋说："阿斯顿·马丁吧，可不能是模型啊。"

说完就"哈哈哈哈"笑个不停，谁知道是开玩笑还是认真的。

去年年底的时候，海哥生了一场大病，生意也走了下坡路。

初恋过来伺候他一场就走了，当时海哥的现任女友也从国外旅游回来了，一进病房拿着铂金包就往初恋头上砸。海哥一声没吭，假装睡着了。

打那以后，初恋的电话就打不通了。

海哥着急了，头脑一热想起来阿斯顿·马丁那档子事儿，趁着手上还有余钱，便着急忙慌地把这事儿办了，一路开到初恋老家。正赶上村口噼里啪啦，锣鼓喧天，鞭炮齐鸣，一个酒店通红的大拱门前，新娘的名字散发着万道光芒，硬生生刺疼了海哥的眼。

海哥难受极了，年都没过好。往年带着女人往家走的时候，每年换一个，村里人也觍着脸跟他打招呼，没人说他花心。

今年海哥一个人回的家，嘴里叼着雪茄，别人看他的眼神却都透着可怜。

海哥说："轨啊，你不是总写情感书嘛，哥现在有个感触，我跟你说说，你给你那些粉丝也都看看。"

那些让你感动的姑娘，你要不及时做点什么回应人家，老天爷就会把她收回去，重新发给那些配得上这份感动的好男人。

2/

相比于传统的"备胎"，网络时代似乎给我们每个人分配了几个特乖巧的"聊天情人"。

这些"聊天情人"几乎不对我们提任何要求，回家晚了不会被电话催促，跟哥们儿去洗浴城消费，也不会有人查你刷卡记录是否有异样。

她们总是温柔贤淑地待在那里，随时准备迎接你的招引——在吗？

你需要时，千军万马难挡；你作乐时，一言不发等候。

就像是电影《一天》里永远等待心上人回头来找自己的女主Emma。

Emma 对他说："我并不想跟你结婚生孩子，活在当下开心就好了。如果以后有一天我们偶然遇到，那也很好，我们是朋友。"

听上去是不是万般坦荡？

坦荡到不在乎彼此之间是什么关系，坦荡到不在乎对方阅尽千帆，归来却怎么也轮不上自己。

总有人不明白，为何有些对自己千般好、万般疼的人，明明自己说的只想待我们好什么都不要，偏偏却走着走着就不见了？

你真当这些人的爱，可以爱到无所期待、无欲无求的地步？

她们只是太过期待，却又拿捏不定，只能在你面前装作坦荡无求。

3/

《西雅图夜未眠》中有一句很应景的台词：

"我喜欢并习惯了对变化的东西保持着距离，这样才会知道什么是最不会被时间抛弃的准则。比如爱一个人，充满变数，我于是后退一步，静静地看着，直到看见真诚的感情。"

很多姑娘，其实内心狂悖桀骜，平日里张口闭口就自称老娘。人群里一笑如惊雷，举起酒杯便敢自称"千杯不醉"。

唯独遇上一个"爱"字时，便转身春水煎茶，绝口不提往日诗酒趁年华的做派。

她们绝口不提，后退一步，不是不爱。

而是希望有一天可以看见真诚。

她们波澜不惊，笑意盈盈，其实内心里一直按捺着一头野蛮的小狮子，娇嗔地提醒你：我的爱，你可要收好了。

可你，偏偏没明白。

4/

菲茨杰拉德在《了不起的盖茨比》中写道：

"如果打算爱一个人，你要想清楚，是否愿意为了他，放弃如上帝般自由的心灵，从此心甘情愿有了羁绊。"

这世上没有一种爱，无须珍惜，无须挂怀，无须伤筋动骨以心换心。

再爱你的人，一个不仔细，都可能说离开就离开。

06
"钝刀割肉"般经典表现：
我问他还爱不爱我，他说不知道

1/

前几天跟几个朋友一起溜达的时候，有个姑娘说了一个让她很困惑的事儿。

她在看综艺节目《王牌对王牌》的时候，主持人提问，说男生和女生第一次约会的时候，女生最讨厌男生的什么行为。最有争议的俩答案，一个是玩手机，一个是提前任。

她选错了，因为她的选择跟嘉宾郭京飞一样，都是玩手机。正确答案说是调查了很多女生，多数人选的是提前任。

"我觉得吧，我可能不是一般女生，思维方式跟个爷们儿似的，问题肯定是出在我身上了。"

她压低了声音，抿着嘴唇猝不及防非要做自我批评。

以我的聪明才智，实在是没理解到她想说什么，就问她："你是不是想问我们啥事儿啊？"

"我就是想问问你们啊，男人说过的最伤你们的话是啥啊？"

"你要是这样想，我也没办法。"

"我妈毕竟是长辈。"

"你到底想让我怎么样？"

"至于嘛你！"

……

她忽闪着大眼睛，顿了顿说："这些对我来说都还是可以忍受的啊，我觉得最伤人的是'我不知道'。"

嘿，这有什么好伤人的啊？

"昨天晚上我问他，你还爱不爱我了，他说不知道。"

话音刚落，一阵唏嘘。

这下我们明白怎么回事了。

我拍了拍这姐妹儿的肩膀，非常肯定地安慰她："问题不在你身上，多半是因为他就是个'人渣'。"

唉，其实我想说，姑娘，你也有问题。

而且，问题还不小。

2/

这姑娘本来是追随男朋友去的北京。

当初去北京的时候，俩人还是网友。

按说网友见面吧，本来就是个有点冒险的事儿，万一"见光死"呢？万一是变态狂呢？反正啊，从线上走到线下，有过成功的案例，但总归还是有失败概率的吧。

俩人是打游戏认识的。

聊了半个月，俩人互发了照片，互通了无数次视频，每天都以老婆老公互相称呼。姑娘当时的工作是公务员，男生是北漂打工仔。男生说："老婆，你来北京吧，我想跟你过日子。"

听上去是不是有点美轮美奂？

姑娘虽然已经被爱情冲昏了头脑，但还是提出了现实的担忧："我可以为你辞职啊，但我从来没去过北京，我怕去了一时半会儿找不到合适的工作，会拖累你。"

你猜男生怎么说的？

"想那么多干吗啊？来了再说吧。我太想你了，老婆。"

姑娘你是疯了吗？男方这种态度，你就敢义无反顾辞职追随他去了？

结果就是男生跟她好了一年后，有了新的暧昧对象，她新找的工作也不是很满意，纯粹就是为了留在北京对付着干的。姑娘觉得这么回老家太狼狈，所以大哭一场后拼命挽留："你还爱我吗？"

她本来以为，这男的只是一时糊涂出了轨，但凡他说还爱她，她会再给他一次机会。

结果人家从从容容说了句：不知道。

这男的能像今天这样肆无忌惮地伤你，你真当自己一点问题都没有吗？

当初你去北京之前，提出那么多可能存在的问题，对方的反应是什么？完全没接你话茬儿，只是催促你赶紧过来以解相思之苦。

但凡像样点儿的男生，如果遇到你提的这些问题，会怎么说？

"宝宝，你说的这些问题我也想过。短期内如果你找不到合适的工作也没关系，我上班上了这么多年，也有些积蓄，一样能养得你白白胖胖。你刚到北京人生地不熟的，可以先熟悉熟悉环境，有合意的工作就做，不喜欢的不用勉强。你把你简历发给我，我也帮你物色物色。"

这才是最基本的跟你过日子的态度，好吧？

打消你的后顾之忧，为你托底，而且要拿出行动来为你的事情操心，帮你出切实可行的解决方案。

再看看你男朋友怎么说的？

想那么多干吗？先来了再说！

就这种毫无担当的态度，你竟然不果断拒绝，干净利索地让他走远点，居然真把自己热气腾腾地往他饭桌上端啊？

3/

这种不赤裸裸地坏到明面儿上、说话特喜欢含含糊糊的男生，对于一个姑娘的毁灭性打击，不亚于慢性毒药。

以下几种"慢性毒品男"的典型表现，供姑娘们参考。

（1）吵架后不主动解决问题，永远都是玩消失。

我要对所有有此遭遇的糊涂蛋儿提一句醒：玩消失真的不是你对象冷酷有个性，这就是逃避。

一吵架，永远都是叼根烟，提上外套，摔门就走。

以后有百分之九十九的可能，这种人会让你不知道自己做错了什么，就提了分手。

（2）在你不喜欢的异性和你之间，永远都"理直气壮"地倒打你一耙。

有此遭遇的人也特多。

"这女的是谁，为什么周末逛街这种事儿都得喊你去，她不知道你有女朋友了吗？"

"你别发神经了好吧？就是个关系特好的女同事，人家柔柔弱弱拿不动东西，找个男的帮帮忙，有问题吗？"

只要不被你捉奸在床，他跟你呛的时候永远嗓门都比你大——因为他要传递自己被冤枉了的情绪，往往特容易用力过猛。

要是真没事儿，他会在你质疑的时候好好跟你说，而不是无缘无故发脾气。

若是你一点他就着，非奸即盗。

（3）平时都是甜言蜜语不离口，关键时刻不会为你冒一点儿风险。

这个最试真心了。

只要不牵扯到他的切身利益，他能用嘴巴融化北极。你如果要让他请一小时假接你的机，对不起，宝贝，100元的全勤奖才是我人生的全部意义。

4/

黄执中说，所谓爱好，不光是你喜欢做的事，也是你愿意付代价去做的事。

所以爱一个人，也是同样的道理。

但就是有些"人渣"，会单方面决定把全力以赴的爱，当成伤害对方的权利。

跟这些"慢性毒药男"在一起耗着，滋味儿跟钝刀切肉差不多，时间久了，断没断了，伤心的地方都烂成疮。

　　钱钟书说，不要把时间浪费在一些不三不四、不明不白、不痛不痒的人身上，因为这很不值。

　　有一本书的封面上说，要把生命浪费在美好的事物上。

　　轨姐说，快让你身边的"慢性毒药男"麻溜儿起开。

07
分手还需要仪式感？你就是想复合

1/

一个姑娘，异地恋，在电话里分手了，男朋友直来直去地说自己相中了别人。

她刚气呼呼地制定完"失恋期 30 天脱胎换骨计划"，结果又等来了感天动地的"复合通知"。什么他知道错了呀，他走错这一步才发现最爱的人还是她啊，这几天想她想得饭都没吃几碗啊。

反正就是豁出去脸皮演了一场浪子回头的好戏，姑娘虽然觉得这样的嘴脸有点讨厌，但还是犹豫着跑来问我："轨姐，你说我应该答应复合吗？"

面对这道"送分题"，我强行憋回了心中的满分答案"答应个鬼"，儒雅地坚守了局外人应有的礼貌，然后回复了她三个字，最好不。

她犹豫了一下，显然没有弄懂这三个字的深意，还是心有不甘地说："那我还是想去一下他所在的城市跟他告个别，就算是分手也该有个仪式感吧？"

我叹了口气，说："姑娘，你哪里需要仪式感，你就是想复合。"

这下她不再跟我绕弯子了，情绪失控地哭号了出来："对啊，这个王八蛋明明混账事做尽了，劈腿了还有脸回来找我，以前还动手打过我，我为什么还是想复合！我就是自己找死！"

唉。

说实话，听着怪悲哀的。

每天后台都有一堆像她这样的傻姑娘，被分手后不甘心，非要问我要个挽回对方的偏方。

这个阶段，你跟她说什么时间荡平一切、不要轻易跟前任复合的道理，通常都没用。

之前还有个死拧巴的姑娘，跟她男朋友分分合合了五年多。这一次又分了，竟然还跑来问我要不要复合？

要不要复合，你自己心里没数吗？

你花了五年的时间都不能确定两人要不要在一起，你自己说，还要不要复合？

2/

分手这件事，能一次解决干净的情侣基本不存在。

不管对方做了多膈应你的恶心事儿，你几乎无法一下子让自己做到铁石心肠、一别两宽，总是幻想通过一次复合来解决之前两个人从未化解过的矛盾。

有个前同事，刚毕业的时候跟我碰巧一起到一家小报社实习。有一天她脸色苍白，坐立不安，到中午吃饭的时候把我拉到一边，说感觉自己怀孕了，让我陪她去医院检查。

我们俩从网上查了个私立医院，手拉手坐上了公交车。这时候她接了个电话，身子极力地歪向一边求不让我听见，最后还是在挂电话的时候忍不住哭了出来。

"那个男生让我打掉，说还不知道是谁的呢。"她说。

我脑子"嗡"的一声，震惊电视剧的烂俗剧情就在自己身边上演，只好颤颤地问她："那你怎么想的？"

她说："我要生下来，向他证明我没有跟任何人胡搞过，这就是他的孩子。"

你说，震不震惊？

当一个口口声声说爱你的男生突然翻脸不认人时，很多女孩儿的反应不是果断远离，而是不惜一切代价地纠缠与深陷。

这种女孩儿天生就是"易复合体质"。

"易复合体质"的姑娘，不把自己伤透伤绝，根本无法阻止自己去原谅对方。

很多情侣就是这样，提出了分手，过不了几天就觉得彼此根本分不开。于是忍不住打电话、发微信，表达似是而非的想念，用不了多久，又难舍难分地聚到了一起。再过几天，又以更决绝的信念闹分手。

如此往复，青春里最好的几年净是去对付无解的循环了。

你以为分手是用来证明两个人有多相爱的吗？

别傻了！

每一次分手，都会让你们之间的关系更加微妙，更加脆弱。

你们不肯正视两个人之间存在的问题而盲目复合，过不了多久一定会因为同样的原因再次分手。

3/

别整天迷信别人给你要不要分手、要不要复合的意见。

那些告诉你"再爱也别回头"的人，不过是经历了复合后又分手；那些告诉你"不爱是一生遗憾"的人，不过是经历了再回首已是百年。

那是别人的一生，不具有参考价值，分分合合的事儿绝对不能头脑一热就拍板。

当你的感情出现了折磨得你想要吐血的分合循环时，你要静下心来反思一下，你们之间是否存在即便是复合也不能解决的原则性问题。

以下这几个原则性问题，很容易导致复合后的再次分手。

（1）不忠。

讲真的，这个原因最让人绝望。因为天底下保障忠诚的办法，只能通过要命的发誓。

而发誓是一件什么事儿，每个青年男女大概都领教过。

所以，如果你们分手的原因是对方"劈腿"或者一脚踏两船等不忠行为，那么一旦想要复合，请务必做好再次被伤的心理准备。

（2）动手打人。

如果你的男人动手打过你，那你再次被打的可能性往往非常大。

对女孩儿动手的男人，往往不是因为自己失手或冲动，而是他们的底线跟你想象中并不一样。

（3）他妈妈不喜欢你。

男生顶着父母压力偷偷跟你好，说给他一点时间，"生米煮成熟饭"就好了，实际上他只是把你做成了一碗"夹生饭"。

他妈妈不喜欢你这个问题，必须要靠一个丈夫的魄力才能解决好，否则他早晚会因儿子的身份再次抛弃你。

（4）分手时曾恶语相向。

这种情况最是可怕。

有些人在分手时，总以为以后再无相见、老死不相往来，所以完全不再顾及对方感受，什么难听说什么，什么解气说什么。

这种人，往往求复合时嘴巴比任何时候都甜。

这是不折不扣的人品硬伤。

遇到这类前任来求复合，你一定要果断拒绝。

总之，如果你心里非常清楚将来两个人一定不会在一起，那就不要给自己任何机会反悔。

4/

有一次去参加一个朋友的婚礼，新婚之夜新郎跟一帮兄弟喝到兴起，跑出去泡温泉去了。

没错，她新婚之夜独守空房了。

我们几个怕她难受，就陪着她说话。

她的伴娘安抚她："依依啊，其实今天还是蛮感动的，你跟你老公吵闹了六年，分分合合了六年，中间还因为一套房子两家父母都吵得不上门了，今天终于'修成正果'了。"

她摆弄着自己的婚鞋，嘴角一歪，说："'修成正果'？这六年吵了多少次，分了多少次，我自己都记不清了，但直到今年我们结了婚，他身上的毛病一样也没改，我们之间的问题一个也没解决，就那么放着，这我都知道，但就觉得，我这辈子就只能这样了。"

何其悲凉啊。

听得我们几个黯然落泪。

王朔在《过把瘾就死》中曾写过一段话：

"就像童话中两个贪心的人挖地下的财宝，结果挖出一具骸骨，虽然迅速埋上了，甚至在上面种了树，栽了花，但两个人心里都知道底下埋的是什么。看见树，看见花，想的却是地下的那具骸骨。"

一旦两人之间种下某种隔阂，无论复合后领了证还是生了娃，彼此之间的关系都不可能像从前一样好。

所以，姑娘，不要轻易提分手，不要轻易去复合。

更不要因为受不了分手之后的难过，就以婚姻为承诺强行把彼此捆绑到一起。

一旦陷入不肯放过彼此的怪圈，那你这辈子也就完了。

相信我，当你有了更好的生活，便再也不想跟前任复合。

08
给失恋中的你七条止痛建议

1/

失恋的时候，再贵的酒，也不如白开水好喝。

我一个姐妹失恋的时候，大家去 KTV 唱歌都喝啤酒，她非要点个最贵的威士忌（当然，是她买单）。她自己仰面朝天地灌下去，还胡言乱语说什么她就要驯服最烈的兽，喝最贵的酒。

听上去算是自我治愈的一个套路。

但半个小时之后，她就难受得像一头未被驯化的野兽，眼泪哗哗的，鼻涕哗哗的，嗷嗷跺脚，声音都变了，直到连一句完整的话都说不成，只是一个劲儿地喊"难受，难受，难受……"，吐得到处都是，狼狈都顾不上了，身体不受控制，最后被送医院洗胃去了。

出院后自己在出租屋躺着，我们去看她，还向我们要喝的。

问她喝什么，她说："当然是白开水啊，再贵的酒都没有白开水好喝。在烈酒对身体的糟蹋面前，失恋啥也不算，真的，信我。"

我们当然信。

我一般再难受也不会拿酒来麻痹自己，因为酒后上头有多难受，谁试过谁知道。

2/

因对方"劈腿"而失恋，痊愈秘诀是，别问为什么，别求见面，别再怀念。

说出来你不一定相信，有好多女粉丝啊，她们竟然在知道自己喜欢的男生的确不是个好东西以后，还是会希望对方能够迷途知返，跟自己和好。

你跟这种姑娘讲道理，分析利弊，人家听不进去。

她不想让你告诉她"渣男"是多么的可恨，也不需要你鼓励她配得上更好的世界，她们就是一心求复合，一心求死。

如果你恰好是这样的女生，轨姐也没有啥好法子给你，但有一条底线送给你，记住了，别问为什么，别去怀念，别再见面。

你越酷，痛感越短，思念越浅。

哪怕装，也要装出一副满不在乎、我离了谁都可以的样子。

因为，"人渣"，是一种你越黏他，人家越瞧不起你的"物种"；相反，你越不把他放在眼里，他过了新鲜劲儿以后，通常想要回头看看在你这儿还有没有戏。

熬过这段时间，你就可以在他痴心妄想的时候给他一个大嘴巴子解恨了。

3/

不要半夜给他发消息问睡了吗，也别告诉他你想他。

失恋最招恨的，就是手贱。

一到夜里，全世界都睡了，就剩你上天入地地回忆，马不停蹄地琢磨，他睡了吗？他这会儿干吗呢？他在搂着别的姑娘吗？他还会回来找我吗？他真的没有一丝愧疚吗……

这一想，一整夜都不用睡了。

你不接受全世界都鼾声如雷，就你辗转反侧、孤枕难眠的局面。

所以，你也想参与一下别人的热闹，兴许一个消息能吓得他一激灵呢。想到此，悲凉中竟平添一丝莫名的激动。

于是你捧着手机，翻通讯录，打字，删掉，打字，删掉……

你真是想太多了，人家刚跟你分手，指定正防着你作妖呢。他最怕的事儿，莫过于看到你死缠烂打地说想他了。

对于不再爱你的人来说，"我想你"三个字看着就恶心。

4/

不要去骚扰对方的朋友，更不要间接打听他最近的生活。

有一种姑娘，只要上一秒没等到他的消息，下一秒就可以群发给他所有的朋友宣告他失踪了。

不要这样。

干吗呀，别说什么我紧张你还不是因为我爱你，我理解，你对象可能就不理解了。

他只会觉得你就是个神经病，跟这种神经病过日子，以后捞不着好，动不动就得让哥们儿姐妹看自己的笑话，现在跟你分手，算是分对了。

姑娘，我知道你想在爱情里当公主，但爱情不是童话。

走进去的时候，你可以是小孩；走出来的时候，你必须要逼着自己做个大人了。

无论现在多少岁，只要你已经决定去尝尝这爱情的滋味儿，就要做好成长的准备。

5/

允许号啕大哭，但不要做任何伤害自己的蠢事。

钻牛角尖的姑娘，最容易陷入一种圈套里。

《匆匆那年》里的方茴还记得吗？得知男朋友跟一个很社会的姑娘同居了，她钻牛角尖了，这种事情就那么好吗？可以让你背弃之前对我说的一切？于是她以牙还牙，去找了男朋友的室友。

男朋友知道后整个人都崩溃了，打了室友一顿，问方茴为啥要这么糟蹋自己？

方茴执拗地说："你可以跟人发生关系，我为什么不可以？"

记得男生怎么驳斥她的吗？他说："因为我爱她，可他爱你吗？"

知道这句话啥意思不？

人家叫男欢女爱，你叫作践自己。

多划不来啊，就为了心理上的报复，就把自己再伤一次？

别发疯。

不要做一些自己将来会恶心不已的事儿，这种伤害自己求平衡的方法，真的很蠢。

6/

允许自己听一些伤心的歌，因为你总要彻底伤心个够，才能回过神来想一想走出来的事儿。

很多人长时间没办法让自己从失恋情绪中走出来，原因恰恰是把自己保护得太好了。

不准提他的名字！姓也不可以！

不可以走我们一起走过的街！

不能听我们一起听过的歌！

其实你比自己想象中要强大，我知道你难受，我也知道触景生情是人之常情，但是你隐忍不发，整天躲着走，容易憋出病来不说，也不容易走出来。

你总要找个合适的时机，让自己一次性地把情绪发泄出来，把眼泪哭完。

你总要给自己一点时间，让自己挥手作别，试着去过没有他的新生活。

给时间时间，才会让过去过去。

而且有些歌，听一次难过，听第二次说不定会生出一丝释然呀。

比方说，杨子姗的《微甜的回忆》：不要伤心，不要灰心，是命运教我的事情。苦难到虚脱的绝境，会被时间酿成微甜的回忆……

调子好不好不重要，失恋的时候都容易关注歌词。

歌词前路可期，你就前路可期。

1/

你没那么容易心如死灰，去做点什么吧，不管这件事一开始有没有意义，最终都会被你找到意义。

很多人都喜欢劝失恋的人，提升自己啊，去学一样东西啊，这样你才能配得上更好的。

别站着说话不腰疼了，真正被感情伤透的人，能做到正常吃饭、到点睡觉就已经很不错了，你竟然让他们立马解脱出来成为一个上进的人？

我反正觉得蛮难的。

那要怎样？干等着吗？

当然不，请立马去做一些平日里你想了一万遍也不曾行动的事儿，不要关心这件事的意义，也不要关心它能不能帮到你。

你管不了那么多。

你只需要确认一件事，这是你想要做的，现在你做了，你还是有事可干的，哪怕是用一下午时间看蚂蚁搬家，哪怕跟楼下一只猫吵架。你去做了，你去尝试填满自己了，它就有了重要的意义。

你需要心泛涟漪，你需要被激活，这是你能为自己做得最好的事情。

确保自己是活蹦乱跳的，以后的事儿呀，以后再说。

总有一次忍住不哭
让我们瞬间长大

Part 2

家, 有时是家,
有时只是个房子而已

生活中看起来很平常、很琐碎的事,
积累在心里久了,
都会变成压在心口的石头。

01
女人过了 30 岁就该降低标准要求吗？

1/

我最近看到了一个视频，心里颇感郁闷。

一位 30 多岁的未婚女艺术家来到全国有名的相亲角——上海人民公园体验，被数不胜数的父母和相亲广告震撼，她开始做调研，还搞了个行为艺术：举着征婚广告为自己相亲。没想到却遭到大爷大妈嘲讽：你真是勇气可嘉……

这姑娘在片子里说，所有叔叔阿姨过来问的第一句话都是"年纪多大？"然后一听是 1983 年出生的，脸瞬间就僵掉了。

叔叔阿姨们毫不避讳地当着她的面，像讨论一件商品一样讨论她、定义她：

在这个相亲公园里，男的就是银行卡，女的就是房子，年纪轻就是地段好，漂亮就是房型好。你是一个房型不错的房子，因为你没结过婚，但你这个房子在郊区，因为你年纪太大了。

可怕吗？

用女艺术家自己的话来说，凭什么？凭什么过了 30 岁，一个姑娘就要"贬值"到这个程度？

30 岁到底是有多可怕，会让这个世道理直气壮地把 30 岁之后的女人定义成"再大就没人要了的群体"？

女人过了 30 岁就要跨一道偏见的坎儿吗？女人过了 30 岁就活该被人挑来挑去吗？女人过了 30 岁就该降低标准要求放低心气儿吗？

年龄对婚姻真的那么重要吗？

2/

我们为什么要结婚？

通常多数人根本没考虑过这个问题，就像是到点就该吃饭一样，把结婚这事儿也当成了到点就去找个人过日子一样。

我父母是这样，我身边的王翠花这样，抬眼望去大部分人都这样。我要是不一样，那就是异类，出门都抬不起头来。

所以，很多人对于婚姻的理解只是跟从大多数人，别人有的，咱也有就行了，为啥我们不一样？

总有一部分人，她没有在适婚年龄遇上一个能谈两年恰好走进婚姻的人，她可能花尽了所有的意愿与精力，只是摸清楚了一个人的人品，她在信息不对称中丧失了遇到对的人的可能。

她没有消极抱怨，没有对男人失望，没有想过要一辈子不结婚。

她只是，运气不佳。

所以，她就活该成为周围人眼中"没人要的女人"？

这是什么逻辑？！

结婚只是生活方式的一种，有人能侥幸遇到举案齐眉的人，那就

用结婚的方式继续生活下去；有人忙活半天发现来者是客，那就只能送走客人一个人好好过。

3/

其实我作为一个大龄晚婚的姑娘，挺了解 30 岁对于一个姑娘意味着什么。

她们到 30 岁的时候，一定会认真考虑一个问题，那就是：如果一辈子不结婚，我真的可以吗？

我当初给自己的答案是，没问题呀。

但事情常常没那么简单。

你一回老家，就会莫名觉得凄凉，不是你自己一个人过得不好，而是那种爸妈想说你两句又不舍得说你的无奈与担心，时时敲打着你，让你特不忍心。

当时有件事儿，让我印象特别深刻。

妈妈给我打电话，说有个小学同学结婚，她随份子了。我说随呗。

电话那头沉默了一会儿，说："但我没去吃酒席，怕桌上的人问，你闺女啥时候结婚？"

我当即愣住了，那句话像是谁给了我胸口一记闷拳似的，让我莫名难受了许久。

30 岁之后，结不结婚这件事儿，突然就变得不再是你一个人的事儿了。

多数姑娘能非常清楚地知道自己，多一个人不觉得圆满，少一个人也不觉得缺失。

她们经济独立、思想独立，她们对生理方面也没多大需求，一个人读书，一个人吃饭，一个人养宠物，越长大就越觉得一个人过日子不要太爽。

既然喜欢的人不出现，出现的人不喜欢，索性就一个人过呗。

在需求阶层，她们没什么压力。

30 岁以后，一个姑娘最大的单身压力，来自于整个社会绵绵不绝的"善意关怀"。

4/

看过一个帖子，有人问，既然一个人过挺好的，为什么父母还是要催婚？

有一个很扎心的回答：因为他们病过。

这让我想起来很久没写过的"班花"同学了。

她目前就是一个过了 30 岁依然未婚的姑娘，有相貌有身材，却还是被年龄的洪流夹冲进了相亲大军，见识过无数男人，这让她更加坚定了一个人过也蛮好的信念。

直到有一天，她给我讲了一件事儿。

有一次，她一个人在家，"大姨妈"来了。

她就是那种"大姨妈"一来全世界都要崩塌的姑娘。那天清晨她强行拖着自己去洗漱，正刷着牙，结果一下歪倒在地上了。

一张干净整洁、五官令人惊艳的脸，就这样贴在地板上了。

过了好大一会儿，她才扶着水管勉强站起来，一照镜子发现，头发被地上的脏水打湿了一半，她从未见过如此狼狈的自己。

以至于站在镜子前自言自语道："是不是我一个人死在家里，过了好几天也不一定有人知道？"

听到她说这话，我当场就飙泪了。

你说 30 岁以后的女孩儿心高气傲、眼光太高不认识自己？

闭嘴吧。

你知道为什么一个姑娘随着年龄增长择偶条件不会放低反而会更高吗？

因为她们越长大越了解屈就的代价，因为她们越长大越不好骗。

那些 30 多岁的姑娘，往往对房子、车子的需求没有 20 岁出头的小姑娘那么强烈，她们想要的，也许只是一个清清爽爽的、言谈举止都还说得过去的男人。

而那些拿着年龄当死穴去禁锢她们的人，会把这种活明白的姑娘，叫作 30 岁之后被人挑剩下的"贬值产品"。

你如果非要把她们比作郊区房的话，那我会告诉你，别指望这样的郊区房能让你捡漏。

因为她们，宁可空着，也不将就！

02
别让两个人之间的事，
成为两个朋友圈的事

1/

一对恩爱的情侣，在我朋友圈里闹翻了。

本来是男的"劈腿"在先，女的属于受害方，但几个共同好友却心照不宣地疏远了女孩儿。

其实也难怪。

分享几条她的朋友圈。

"分手时说什么不合适，还不是因为外边有了别的人。"

"呵呵，这么快就开始秀恩爱了，'烂货配狗天长地久'。"

"我算是看透了，某人就是个'渣男'。"

……

我翻了翻，像这样的大概有二十几条吧，全是她在一天内更新的状态。

而且，这姑娘已经保持这种高频度诅咒与谩骂长达半年之久了，心情好的时候隔两天骂，心情差的时候就成了二十四小时刷屏式泄愤。

本来我们都觉得这男的挺不地道的，虽然我们支持谁一点都不重要，但我们态度上的确都是向着她的。

可她发朋友圈这事儿让我们也挺膈应的。

不是想说什么好聚好散那种事不关己的和事佬话。

我就不明白了，有架为啥不当面吵，有气为啥不当面撒啊？

两人面对面时，硬气的话你一句不说，该大嘴巴给他扇飞的时候你哭哭啼啼、柔柔弱弱，为啥一到朋友圈里你就能毫无顾忌地骂人呢？

你以为这样就能让他遗臭万年了？

是不是"人渣"，人人都心里有数。

说句不客气的话，像你这种歇斯底里地硬是拽上所有人来陪你情绪高涨的做法，不但不会引来同情，反而会招人反感。

心里不痛快，适当泄泄愤当然可以。但如果你毫无节制地持续谩骂，一旦打扰了别人的生活，你反倒成了一个"怪不得人家不敢要你"的跳梁小丑。

你说你亏不？

2/

其实我还见过更极端的两口子，老王跟他媳妇乐乐。

本来我们压根儿没见过乐乐，更别说有什么交集了。

但突然有一天，我们同时收到了来自乐乐的好友验证，她自称是老王媳妇，要加我们好友。虽然感觉略有些尴尬，但也没什么不妥，也就都通过了。

然而，完全没想到的是，这只是精彩故事的开始。

一向很少发朋友圈的老王，突然在朋友圈和他老婆频繁秀起了恩爱，他老婆发完了，他再发，俩人的内容一模一样。

今天给媳妇做了虾饼，明天给媳妇掏了耳朵，后天给媳妇买了卫生巾，总之就是各种琐碎的事情变着花样刷起了朋友圈。

我们就逗老王："哥们儿你这是迎来了第二春啊。"

老王愁眉苦脸地说："春啥啊春，都是乐乐一个人自导自演的，她把我手机拿去发的，就想让我的朋友都知道我们夫妻关系很融洽。"

"那实际上呢？"

"实际上她前段时间精神出轨，非要跟我离婚。我考虑了一段时间后决定同意，但乐乐又不想离了，就求我再给个机会。我其实也觉得没啥大不了的，毕竟夫妻感情在那儿呢，就想再努力试试看能不能一块把这个事儿熬过去。结果她还是不放心，这期间就拿我手机把我好友都推荐给了她，接下来的事儿你们都知道了。"

一片唏嘘。

更夸张的剧情紧随而至。

老王有一天晚上七点前没有到家，被老板叫到董事长办公室多聊了一会儿，刚好手机放在工位上。完事后他回到工位拿起手机吓了一跳，怎么这么多人同时在问他去哪了，清一色地让他赶紧给他媳妇回个话。

老王苦笑一声，怎么的？今儿是世界关爱日啊？

他媳妇当天给他所有的朋友都发了消息，问"老王没回家，在不在您那儿呢"。如果有人没有在 2 分钟内回复她，立马就收到她接二连三打过来的语音电话……

那天老王蹲在过道儿抽了两盒烟，然后给所有朋友都道了歉。

回去就把婚离了。

其实乐乐也挺可怜，她不过是因为太缺乏安全感，害怕有人会在他俩的特殊时期乘虚而入，所以才看得紧了些。

但她错就错在，偏要把两个人之间的事儿，闹成了两个朋友圈的事。

而现实是，两口子之间，有些心理压力只能你一个人去承担。

妄图通过向周围所有人施压的办法来挽回局面，只会加剧弦断人走的速度。

3/

其实，经常会看到有人在朋友圈说什么"寒心啊""我算是把谁看透了啊""某人你听好了啊"，这种含沙射影、模糊指责的状态。

虽说朋友圈是你的，你想发啥是你的自由。

但多数发这种类型状态的人，往往都幻想着能号召全世界来陪自己一起认清某人的嘴脸。

鲁迅在《而已集·小杂感》中曾写过这么一段话：

"楼下一个男人病得要死，那间壁的一家唱着留声机；对面是弄孩子。楼上有两人狂笑；还有打牌声。河中的船上有女人哭着她死去的母亲。人类的悲欢并不相通，我只觉得他们吵闹。"

没错，人类悲欢不相通，他们只会觉得你吵闹。

没有人会因为你特抓狂就能跟你感同身受。

大家只会觉得，只会矫情又没本事的人，才会说话阴阳怪气的。

当你的据理力争变成了鱼死网破的抓狂，当你的泄愤变成一种明目张胆的打扰，那么你口中的是非曲直，就会变成一个失败者的撒泼。

分寸感和界限感，是你在任何时候说清楚事情的重要底线。
所以，千万别让两个人之间的事，成为两个朋友圈的事。

03
你对家务活的态度，
暴露了你婚姻的质量

1/

最近我突然学会了做韭菜盒子，然后就嘚嘚瑟瑟请了一对夫妻来家里吃饭。

结果我亲眼看见了一场大战，尴尬得只能咀嚼口中的韭菜。

这两口子吃完饭后，我想撤掉盘子给他们上茶点，大姐赶紧帮着我收拾。尽管我一再表示他们坐着就行，但大姐还是坚持要帮我收几趟。

通常，遇上来家里做客的朋友，想要帮着收收桌也不是什么稀奇事儿，但这大姐帮我收完桌后突然很生气，甚至白了她老公一眼，说："纸巾盒就在你手边上，不知道帮人家擦擦桌子？"

我连忙笑着说不用，大姐的老公也笑呵呵地说："听见没，人家都说不用了。"

谁知大姐一下就炸毛了："你以为是在自己家？有点眼力见儿好吧？在家当大爷当惯了，出门也丢人现眼。"

咦？气氛是不是有些不对？

我定定地看了一眼大姐的神情，确定她是真怒了，一下子傻站在那里，完全搞不明白这剑拔弩张的局势从哪一秒突然开始的。

大姐老公也气得一下跳了起来，看了一眼我们，像是在努力平复自己似的，说了句"也不知道是谁在丢人"，然后抓起外套就走了。

大姐愣在沙发上，一言不发，眼圈都红了。

我赶紧劝："姐，没事儿的啊，多大点事儿啊，这点小活我自己几分钟就搞定了，真不用麻烦你们两口子上手，您何必发这么大火啊。"

大姐抹了抹眼泪，哽咽道："不是不是，不是这么回事，你不明白。"

她说："我不是在生这一件事儿的气，我们结婚快 8 年了，他垃圾没扔过，床单没换过，脏衣服永远不知道归置归置，连袜子都是我不给他洗他就一直攒着。他觉得咱们女人就应该管这些。我真是受够了，现在听见他声音就烦。"

很多人不明白，两个人之间明明没有什么原则性的大问题，为什么夫妻关系就能走到今天这种无可挽回的地步呢？

压垮婚姻的稻草，哪需要什么第三者啊。

生活中看起来很平常、很琐碎的事情，积累在心里久了，都会变成压在心口的石头。

2/

我以前做互联网工作时，认识一个嫁入豪门的女客户阿曼。

阿曼是少数民族，长得特像混血儿，气质也好，国外留学归来后从事翻译工作。

而阿曼老公是搞房地产的，有过一次婚姻史，前妻带着儿子生活在美国，但他能在再婚时选择阿曼，阿曼依然感觉自己捡着宝了。

阿曼当时一个月也有 2 万多元的收入，但她老公根本不把这些钱看在眼里，要她辞职回家做全职太太。

当阿曼欢天喜地地辞掉工作打算好好享福时，发现她理解的"全职太太"，跟她老公理解的"全职太太"根本就不是一回事儿。

因为，她住在一线城市最贵的别墅区里，每天还要自己收拾卫生。

她感觉像是吃了苍蝇一样恶心。

阿曼老公比她大了近 20 岁，20 世纪 70 年代过来的人，创业时吃过不少苦头，现在日子好过了，依然很节俭。

这种节俭，不是单纯地体现在不舍得花钱上。

就买房产方面来说，他很舍得花钱，几乎是去一个地方出差，就要顺手买几处房产。

但唯独对于收拾家这事儿，他不肯多花一分钱，坚决反对请阿姨住家收拾卫生，最多只能允许阿曼一月叫一次家政，而平常的家务，阿曼要慢慢收拾。

但 600 多平方米的房子啊，阿曼光是看着就打怵。

况且，她好歹也是名校硕士，海归高才生，当然不想把余生都花在擦楼梯扶手上。

开始，阿曼觉得她老公有些偏执，只是原生家庭的生活习性所致，不是什么原则性问题，所以一直忍着没提出过任何异议。

后来，她惊讶地发现，每当她老公出门之后，她满脑子想的就是这 600 多平方米的房子要怎么收拾、怎么打扫的问题，根本没有任何心思去享受这栋豪宅带给自己的一丝一毫的满足感。

忍耐一段时间后，阿曼主动提出，要重新出去工作。家里的活，还是请个阿姨来做。

阿曼老公听到这个想法后几乎想都没想就否决了，并告诉她，家务活根本就不能算是活，让她做一下卫生，不过就是怕她闲出病来找个事儿捎带手做做。至于她的工作，赚那么少，没必要出去抛头露面。

阿曼一听，心都凉了。

她给我讲这个故事的时候，其实已经离婚一个多月了。

她瞪着眼睛，一字一顿地说，跟这种"家务观"不一样的人过日子，简直就是一场灾难。

阿曼说，上流社会的好日子，她确实很渴望，但能说出"家务活不能算活"这种话的男人，分明就是不尊重她的时间价值。这种日子没法过，以后再找，坚决不找这种自己不干家务，还要用家务活贬低别人的男人。

这便是两种截然不同的"家务观"。

你觉得，基础的清洁工作应该买个扫地机器人来解决。

他觉得，明明你勤快点就能解决的事儿，买设备那就是在花冤枉钱。

"家务观"里藏着的，是对方是否把省钱看得比牺牲你的生活品质更重要。

3/

家务活，是最能吞噬女人灵性的东西。

偶尔烧个奶油南瓜汤给你喝，这是情趣；一天三顿，一年365天重复如此，这是炼狱。

家务活最让人恶心的，是无意义的重复。

但一个干净整洁让人看上去透气的家，总要有人去承担这一部分工作。

而一个男人对于家务活的态度，通常有以下四种。

（1）不干还叨叨。

（2）不干也不叨叨。

（3）边干边叨叨。

（4）只干不叨叨。

遇上第二种，虽然容易生气，但一般他都会承认你在这个家中的"霸主地位"。

遇上第三种，虽然絮絮叨叨听上去很烦，但至少他选择了参与和分担。

遇上第四种，那你就是捡着绝世好男人了，因为这种男人是发自肺腑地爱做家务。

但如果遇上第一种，你这日子基本就没法过了。

因为，他不但自己不去做，还会用"家务活"把你贬得一文不值。

但凡要求他做一点家务，他会反过来觉得你太事儿，还要抱怨你给他带来了压迫感。

4/

一个男士曾向我抱怨，说有时候觉得他老婆难缠到有些变态。

有一天晚上，他老婆自己先躺下了，然后看了他一眼，说了句你赶紧去刷刷牙洗洗脚早点睡吧。他应了一声，接着玩了会儿手机。

就这一会儿的工夫，他老婆就睡着了，然后突然迷迷糊糊醒来，看到他还在玩手机，立马就炸毛了。

"她神经病一样，突然就发脾气，说让我干个什么事儿永远就是磨磨蹭蹭，我都不知道我哪儿惹着她了，就觉得她婚后性情大变，简直不可理喻。"

我问他，她平常都让你干啥你磨磨蹭蹭了。

他想了想说："就没什么大事儿，比方说，她让我早上上班的时候捎带手把垃圾带下去，我觉得早上时间本来就紧，晚上下班回来再扔就可以，但她非说放一天家里都是臭味儿，生出几只果蝇来她都能气得跟我冷战。"

所以，症结大概找着了。

当一个女人突然对你大发脾气，可能她生气的根本不是这件事本身，而是借这件事把所有的不满都发泄出来。

在家务方面，夫妻双方的共识应是，谁对现状不满，谁就率先做出改变。

而率先做出改变的一方，永远保有对另一方的期待。

如果你跟得上，那么日子越过越幸福。

如果你跟不上，那任何事都会让对方感觉不称心。

这种情绪一旦积累下来，留在婚姻里的，就只剩下"艰难忍耐"与"受不了就散伙"的消极选择。

04
嫁给那个能让你夜里睡得好的人

1/

如果你问我，最羡慕什么样的人？

我会毫不犹豫地告诉你：沾床就睡的人。

对，那一年我是个重度失眠症患者。

别人的失眠，是指凌晨 2 点才睡着，清早又醒了。而我的失眠就比较厉害了，我是宇宙暗夜的志愿守护神，我了解整个夜晚的秘密，我还能做到任何时候都立马从梦中醒来对着你笑。

所以，那个时候，我就羡慕那种可以倒头就睡的人。

我甚至坚定地认为，这种人跟我完全是两种不同的体质。

那么，我是在什么状态下弄丢睡眠的呢？

那一年，我怀着一腔委屈，结束了四年的北京奋斗生涯，回到老家后在一个全新的领域找到了一份完全不熟悉的工作。

回来后，我每天面对着一群跟我原先工作节奏与工作习惯完全不一样的人；我每天要跟一些"好心人"礼貌地点头示意，并告诉他们我真的不着急结婚；我每天都要跟家里人不厌其烦地解释，为什么不愿意去跟他们认为还不错的男人处处看。

每天，都是心力交瘁的一天。

一到夜里，我就反复质疑自己是否做出了正确的选择，想到脑壳疼，就告诉自己别再瞎想了，快睡吧，明天还得上班呢。然后又开始了焦虑的质疑，直到必须要起床。

万幸的是，这样的状态随着一年后事业再有起色而有了转机，我慢慢变得不再那么焦虑。

从此之后我明白，能好好睡一觉，对一个人来说，到底意味着什么了。

我之所以讲这样一段往事，是因为最近一个好朋友问了我一个问题。

一个关于选择小 A 还是小 B 的问题。

朋友是离过婚的。

走进上一段婚姻的时候，她还是一个单纯可爱的小姑娘，离开那段婚姻的时候，她已经是个歇斯底里的中年妇女了。

在带着一个女儿独自生活了三年后，有两个追求者走进了她的生活，不顾一切地想要给她幸福，不顾一切地邀请她再一次走进婚姻。

朋友这几年一个人带着孩子过得太苦了，她说她其实还想试试看的。可怕自己万一又没选对，又要再花个三五年走出来，女人一辈子的好时候，那就差不多到头了。

她问我，有没有好建议呀？

我说，当然是嫁给那个能让你夜里睡得好的人呀。

朋友一听，当即就泪如雨下。

2/

朋友是怎么失去上一段婚姻的？

那一年她刚毕业，跟有着上海户口的大学同学结了婚，但她老公为了证明自己不靠家里也能成就一番事业，就带着她在外边租房住。

没问题，租房就租房，也不能光等着捡现成的。

但没有什么婚姻经验的小两口，在出租屋里频繁地因为各种鸡零狗碎的事情而争吵不休。

每一次争吵，都是以她一生气就跑出去结束。

她很快就发现，她老公从来不会追出来找她，而是在家打着游戏坐等她乖乖回来。

哪怕是在她已经怀有身孕的情况下。

她有一次大哭着问他，为什么不出来找她？就不怕她再也不回来了吗？

老公很淡定地说："你还能去哪儿？"

"你还能去哪儿？"这句话，让她听起来像吃了苍蝇一样恶心。

于是，她开始回忆这段日子以来所经历过的类似的事情。

几乎每次吵架后，她都得不到一个哪怕敷衍的道歉，更别说心平气和的安慰了。

每次吵完架后，一到深夜，她辗转反侧、声声长叹，期待着他能打开心结跟她聊一聊，可最终等来的，只是枕边人的鼾声如雷。

"只有我一个人醒着，这种绝望的滋味，我这辈子都忘不了。"

对于那段婚姻的煎熬，她如是回忆。

爱情中杀伤力最强的，不是"劈腿"，不是不爱，而是以爱为名，赐你缓慢而平静的绝望。

所以，当她再次在婚姻面前迷茫时，我告诉她：这次，一定要嫁给一个能让你夜里睡得好的人。

因为，一个能让你夜里睡得好的人，不一定是最富有、最擅言辞的人，但一定是不与你留隔夜仇的人。

一个能让你沾床就睡的人，不一定是看上去跟你最般配的人，但一定是即便不能解决你的焦虑，也一定会陪在你身边一起想办法的人。

总之，他是不万能的，但让你睡得踏实。

而让彼此更踏实，才是我们选择婚姻的原因。

3/

一个女粉丝，严重失眠症患者，给我讲过一个好玩又悲凉的事儿。

她说他们失眠"团伙"里有一个创意，就是大家在睡不着的时候，就去群里玩故事接龙的游戏。

她说，她能一直玩到早上7点，直到群里都没有人跟她继续接了，她还能自己跟自己继续玩下去。

我问她："因为什么失眠的？"

她想了很久，说："焦虑。"

我说："焦虑什么自己知道吗？"

她说："知道，一开始是失恋，后来是工作，再后来一点小事就能让我睡不着。"

我说："那你有可能是第一件事儿就没解决，后边的事儿才会一件接一件地跟来吧。"

她"嗯"了一下，忍不住给我讲了那段憋在心里很多年的情伤。

她的男朋友几乎是人间蒸发的。

而且是在跟她感情非常好的情况下蒸发的。更可恨的是，蒸发了几年的男朋友突然又"死而复生"，带着新女友夜夜在微博上"蹦迪"，唯恐别人不知道他"劈腿"劈得有多快活。

所以，她最初几年的失眠，原因是不明白。

后来几年的失眠，原因就成了不甘心，为自己不值。

"早知道他是这么个'人渣'，我怎么可能为他失眠？最多心口疼一下，就当青春喂了狗，这事儿也就翻篇儿了。可我偏偏苦等了两年，迷茫了两年，自我怀疑了两年，耽误了自己两年。"

所以，有失恋的姑娘跑来问我，如何说服自己相信睡一觉明天一切就都会好起来？

我说，那个让你牵肠挂肚、睡不着觉的人，可能正在搂着别人睡觉呢。

4/

能心无旁骛地一觉睡到天亮，是何等的福气。

那些明知道你第二天要去参加重要的面试，还在头一天晚上跟你提分手的人。

那些嘴上说着"我爱你"，晚上却任由你在一旁翻来翻去连一句软话都没有的人。

那些占着你心里重要位置，却让你日渐憔悴、发际线无限后退的人。

他甚至无法让你睡个好觉，怎么能够称得上好？

那天我在网易云音乐上听歌，被一条扎心的热评瞬间戳中：

"妈妈说，不要为了一个睡得很香的人失眠。他不会知道，也不会懂你。"

送给正在失眠的你，以及曾经的我。

05
被人养着比独立更辛苦

1/

琳姐的娃只有 11 个月大，但开年她就上班去了。工作是新找的，比生孩子前辞掉的那份儿工作待遇差得远，公司离家的距离也比原先远了一大截，但她还是选择复工。

不但如此，琳姐还跑到"辣妈"群里去给那些刚生完孩子不久的新手妈妈"打预防针"，让大家身体恢复好之后务必马上出来工作赚钱。

有人纳闷了："琳姐，就你家那让人眼热的条件，老公那么大的公司开着，还差你这一个月万儿八千的收入了？八成是闹矛盾了置气呢吧？别闹了，回去跟你老公好好说说，继续做你的全职太太不挺好的吗？"

琳姐急了，直接发了一个咒骂的表情上来，然后退群了。

搞得大家莫名其妙，也不知道哪句话得罪她了。

谁知道，这几天琳姐开开心心跟没事儿人一样又加进来了。

其春风得意之势，隔着屏幕让人觉得这姐妹最近发了横财了。

琳姐笑嘻嘻地给我们解释，她生孩子之前，好歹也是外企高管，年入百万毛毛雨一般，但平日里两口子的财务是统一归老公来管，因为老公是名牌大学金融才子，钱往老公那放，势必是越放越多。

所以，之前的财务管理模式，就是自己留足零花钱，剩下的一股脑儿都转到老公名下。

本来家境殷实，高龄晚育又得一大胖小子实属事事如意了。谁承想，一件小事儿，让琳姐一个激灵惊醒了。

以往，每年春节琳姐都会给自己爸妈一次性转过去 20 万元，作为女儿孝敬爸妈的年度红包。所以，今年春节琳姐便在给孩子喂奶的时候，随口说了一句："老公，下午给我转 20 万元过来。"

结果，琳姐老公瞪大了眼睛，诧异地问："你要干什么用啊？"

琳姐一开始没往心里去，便回："给我爸妈包红包啊。"

琳姐老公迟疑了一下，说好，五分钟后突然又迁回到客厅里，假装无意地问，今年怎么要往家里交这么多啊？

暴脾气的琳姐瞬间噎住了，这时她才知道，以前自己赚钱的时候，老公根本不知道她的钱都花哪儿去了。现在，自己没有了收入来源，需要多一道张嘴要钱的程序，她需要给人家一个"为什么要钱""要钱去干什么用"的解释。

这让一向大大咧咧的职场女性琳姐的自尊心受到了极大挫伤。

于是，琳姐没给任何人解释，直接又回职场了。

琳姐说，原来被人养着，比独立辛苦多了啊。

这话说出来的时候，群里瞬间沉默了。

2/

什么样的姑娘，会近乎偏执地认定，女孩儿一定要独立呢？

大概是，尝过被过度依赖钳制到寸步难行的滋味的姑娘。

一个女读者曾在后台给我讲过自己的一件事。

她是典型的被追求者拉下神坛的女神。

当年前男友"劈腿"，自己悲伤过度的时候，"扶正"了一个一直对自己不离不弃的"好男人"。

女孩子就容易这样。

从别处吃到了苦涩，就要得出一个一竿子打翻一船人的结论，然后催眠自己"嫁谁不是嫁"，或者萌生出来嫁个"老实人"的奇怪念头。

万幸的是，她的"老实人"待她好得不得了，几乎把她宠成了一个什么都不会做的"公主"。

洗衣服、做饭、开车出门……样样都是"老实人"做，以至于家门口附近那几条路怎么走，她自己住了三年了都说不清楚。

然而，"老实人"偶尔也有不老实的时候。"老实人"同学聚会回来之后，女神就接到了电话，说她夺人所爱，拆散人家大学四年的感情，女神一脸蒙，哪受过这种屈，直接劈头盖脸地让"老实人"交代。

"老实人"可能那天心情不太好，在单位受了气，于是没给任何解释，卧室的门重重一摔，抱着被子和笔记本电脑，去客厅打游戏去了。

女神愣住了，安安静静独自睡了一夜，第二天一早，便收拾了橱柜里的衣服想出去静静。也是巧了，那天小区里死活叫不到车。

家里的车钥匙就扔在餐桌上，车子就停在自家车库里，但她就是不敢开。

因为，自从嫁给"老实人"，她已经有三年多没摸过车了，她不确定自己还能不能上路，再加上现在的情绪，可能会出事儿……最后一个人在楼下急得放声大哭……

依赖旁人依赖惯了，连基本的生存能力都退化了。

别人跟老公吵架了，可以开上车说走就走。

你跟老公吵架了，只能拖着行李箱，在风中凌乱，泪痕斑斓。

3/

也有男读者向我咨询，说自己女朋友太独立了，感觉完全融入不了她的生活，一直特有距离感，问我该怎么办？

有时候也觉得好笑。

女人不独立，男人说你物质；女人太独立，男人觉得你遥远。

所以，你以为你的女人为什么会比其他人要强？为什么她就不能软一点？为什么干啥都对你不放心非要亲力亲为？

因为她吃过亏。

因为不为自己未来打算，对女人来说是一件极其危险的事情。

媳妇儿过于独立也好，过于依赖你也罢，这都是你自己最初的选择。

她心里有刺，你就用实际行动帮她拔掉就是。

对付过于独立的姑娘，让她"卸下铠甲"最好的办法，是你要努力比她更强大。

若有指望，谁不想歇歇？

4/

你问人家姑娘："你那么要强干啥啊，干得好不如嫁得好呀。"

姑娘回你："嘁，我没那么好的命，没人跟我说'我养你呀'。"

其实，这帮姑娘这么说，多半是客套话，因为她们深知，被人养着压根儿也不是那么舒坦。

给娘家支援，得编排好说辞。

相中最新款的包，得先学会撒娇。

哪怕心情不好想下楼买个面包，也没办法在有人问你"不是刚吃完饭又要吃面包"的时候，可以理直气壮地回一句："我愿意，花你钱了？"

被人养着，说是养尊处优，其实或多或少都得看人脸色行事，再亲再爱的人也不例外。

所以，独立辛苦，被人养着其实更辛苦。

06
如果可以，请对父母再多一些耐心

1/

这两天，爸妈从山东飞来了大理，老爸突然头晕耳鸣得厉害，所以昨天带他去医院检查一下。

然后看到了令人心酸的一幕。

神经内科的大夫想要帮我们先排除心脑血管疾病引发的头晕耳鸣的可能性，所以给开了一个脑 CT 的单子。上午 9 点多，我们拿着缴费单去问诊台先排了个号，然后就去 CT 室外排队去了。

一大早，外边乌泱乌泱地挤满了排队等着照脑 CT 的人，他们看上去大多都是至少五六十岁的父辈人，身边大多没有年轻人陪同，毕竟一等就是至少半天，可能年轻人在这样一个周五的工作日实在是分身乏术，没时间干等。

结果排了一上午，也没轮到我们。

于是我带老爸中午去吃了点饭，在附近随便转转，一眨眼就到了下午两点，CT 室前，又是人满为患。

大夫每次开门喊名字，都有很多人挤到她跟前问："到底什么候轮到我？"

下午 4 点钟的时候，大夫再次开门，一个老汉急赤白脸地冲上去问："大夫，我可是从早上 8 点一直排到现在 4 点多了，为什么还轮不到我？你们是不是搞插队了？"

大夫拿过他的单子一看，用手指戳了戳单子上的几个字，平静而冷淡地说："大爷，您排的是明天上午的，自己看看。"

然后大门就又关上了。

老汉一下傻眼了，手中高举的单子，颤了又颤。

他就这么拿着一张第二天的单子，在不可能轮到他的那扇大门前，生生等了一整天。

这时远处有一个男的跑过来叫了一声"爹"，满脸的不乐意："你出来一天了，怎么还没弄完，赶紧先接孩子放学去吧。"

老汉应了一声，回头看了又看，叹了口气，悻悻而归。

老人眼神中那种复杂而无助的失落一下子击中我，看得我眼泪快下来了。

特别心疼。

如今，先进的医疗系统对他们没耐心，每天在高压下忙碌的医生对他们没耐心，处在中年危机中自顾不暇的儿女对他们也没了耐心。

他们不是故意想给谁添麻烦，那些繁杂的手续他们很难跑得明白，那些网上挂号、网上交钱的手续听上去光鲜亮丽，可如果年轻人不陪着他们，他们压根儿也不会，他们只能一次次去交费口排队，去问诊台排队，去拍片室排队。好不容易忙活下来，可能发现这一天都是白费，只能第二天再来。

你可能会说，自己听不明白怨谁？

你可以这么跟你的同事说，跟你的下属说，跟你的队友说。

但你，唯独不能对他们这样说。

你以为他们不想听明白？

现实是，无论他们面对儿女，还是面对外人，只要一遍听不懂，就会遭到各种不耐烦的白眼与冷漠。

这个时代不打一个招呼，就这么抛弃了他们。

2/

之前一个在广州写公众号的作者，跟我说过这样一句话：陪老人看病，最痛苦的不是钱累，而是心累。

我点头，深以为然。

人上了年纪，都有自己的固执。

他们认为，医院就是丧气的地方，本来好好的一个人，去了医院就越治越坏。他们认为，医生给他们先开单做检查而不是直接开药，就是想骗他的钱；他们总有自己固执的判断，一到医生面前就自我诊断而且不许质疑；钱一花多了，他们马上就说不治了。

他们固守着自己的一套理论，时不时地还要向你传递一些负能量的东西，你要多说一句，他们就直接撂挑子说不看了。

儿女们起初会努力跟他们讲清楚为什么要做这些检查，当他们没听完就要摆出老子的姿态驳回你，还要劝你"别听医院的人胡说八道"时，你才知道，你和父母这一代人之间，永远有逾越不了的沟通障碍。

当你发现跟他们沟通很费劲时，就会变得极不耐烦。

你觉得他们愚昧又顽固，说了也不听，再也不愿意浪费那个时间。

可他们是生你养你的父母啊，你还记得他们带你认识这个世界的时候，是怎样一种情形吗？

你指着夜空问，爸爸，那是什么？

他说，星星啊，宝贝。

过了一会儿你又问。

他又答。

然后，就这样一个问题，你问了 101 次，他答了 101 次。

现在他们脚力减弱，跟不上这个世界的步伐，轮到你带他们认识这个世界的时候，他却因为害怕触怒你，连张嘴问都不敢问了。

我们的耐心都去哪了？

3/

以前在外地上班的时候，听到同一个办公室的姑娘接了一个她妈妈的电话。

聊了不到 3 分钟，她就跟电话那头的妈妈吵起来了，挂电话的时候委屈得满眼是泪。

她说："真是受够了每周一次跟家里通电话了，根本没法沟通。"

我问她："到底怎么了？"

她说："每次打电话都是那些事儿，吃了吗？喝了吗？最近工作怎么样？怎么还不找个男朋友？邻居家谁谁都生二胎了……我想孤独终老吗？他们生二胎关我什么事儿？她以为我想一个人每天挤地铁、通下水道吗？本来我压力就够大了，她凭什么每次拿起电话来就不管不顾，哪壶不开提哪壶？她就不能问点别的吗？"

我听完，叹了口气，说："你觉得她还能问些什么呢？"

她愣住了，如鲠在喉。

对啊，这些连你干啥工作都有可能说不明白的老人，他们除了这些你厌倦的老生常谈，到底还能问你些什么呢？

跟父母之间，还要什么建设性的谈话吗？

所谓耐心，不过是陪父母多说说废话，听他们一遍遍絮叨那些说过无数遍但还是要再说一遍的事儿。

4/

你教过老人用智能设备吗？

有一次，办公室话题聊到教老辈人用智能手机。

没想到大家对于教爸妈用智能手机的整个过程共鸣特别多。

大飞姑娘抱怨说："别提了，上次教我爸用智能机，两句话就能吵起来，太伤感情了。"

"都说多少遍了还是会按错，还不如让他们继续用那个老年机，有 SOS、手电筒、收音机、打电话功能就够了，我真是何苦来的，高科技不适合他们。"

S 姑娘更是惊呼："我最后悔的就是给家里换了个智能电视，他俩开完机后就不会使了，每次换集换不过去，都得喊我给他们调出来；教多少遍也学不会，他们也不爱学，就指着别人，说多了还怨我买个破烂玩意，根本没法交流。"

很无奈吧？

你想拉着爸妈跟上这个时代，好让他们也体验科技时代的便利，但他们非但不愿意学，还会埋怨哩。

他们拒绝改变，最后苦了的还是他们自己。

问题到底出在哪儿了？

父母之所以抵触，可能因为我们在沟通的时候忘记照顾到他们的自尊。

所以，如果可以，请对父母再多一些耐心。

07
被"蛀虫式父母"毁掉的孝顺孩子

1/

一位艺人的家人又出来闹事儿了。

这一次，又是因为钱。

艺人的舅舅通过视频指控艺人没有尽到赡养老人的义务，这位舅舅用了四个字来形容这位艺人的不孝：弃养父母。

他说的弃养，是指这位艺人曾承诺要每个月给父亲6万元赡养费，以及一套房产，但这些事到现在仍然没有兑现。

如此阔绰的日子没能过上，这让艺人父母的生活非常艰苦。

他说的艰苦，是指其母不得不自食其力到一个餐厅打一份月薪1.2万元的工，父亲"惨"到有时候只能三天吃一条吐司。

网友看到这一身五花膘还要声称自己三天才吃一条吐司的父亲，以及盛装祭拜宛如土豪的母亲，顿时怒了。

有人在底下留言，**别人的父母是保护伞，你的父母是吸血鬼。**

后背一凉，一声长叹。

这就是所谓舅舅，所谓父母，所谓长辈，所谓家人。

看到自己的孩子事业有了转机，第一时间理直气壮地跳脚要钱。

要不到钱，立马就在媒体面前抹黑、辱骂、污蔑，叫嚣着不会放过她，扬言不惜一切要毁了她。

这是一副怎样的嘴脸！

这跟若干年前，母女反目时候的那张嘴脸，如出一辙。

面对亲生母亲对自己的抹黑，朋友只是伤心欲绝地说了句"母女两人缘分已尽"。

缘分已尽？你想得美！

"蛀虫式"父母不会这么轻易地放过一段沾着金钱味道的缘分。

他生了你，就要你无条件满足他所有的条件；他生了你，就以为自己有权利瓜分你所有的成果；他生了你，不管他做了什么丧心病狂的恶心事儿，你都得拿钱供着他。

我有时候在想，这世上怎么会有这样的父母？

"天下无不是的父母"这句话根本站不住脚。

2/

我认识一个 1995 年出生的女孩儿，是一个朋友的表妹，人长得特别漂亮，跟了一个做工程的老板。

一开始，她不敢告诉朋友自己跟那个老板到底是什么关系，只是支支吾吾地说自己找了一个男朋友。

女孩儿的妈妈从来不问为什么女儿只是在餐馆打工，就能每年往家里寄那么多钱。

她只会在打麻将输钱的时候嚷嚷着要钱，如果女孩儿稍一迟疑，她就说没钱赶紧滚回来嫁人，趁着年龄好还能多换点彩礼钱。

女孩儿的日子没那么好过。

那老板的脾气很爆，心情好的时候会带她出国买各种奢侈品包，心情不好的时候就打人摔东西让她滚。

有一次她实在受不了了，就真想"一滚了之"，重新开始。

那天她坐在街头的马路牙子上，打电话给她妈妈想试探一下，问她妈如果以后自己短时间内不能寄太多钱回家可不可以。

她妈妈勃然大怒，说坚决不行，因为她相中了一套房，正等钱用。

所以，绝对不行。

她哭着跟她妈坦白，说自己现在得来的钱不清白。

她妈冷笑一声，说了句她这辈子都忘不了的话。

她说："你怎么挣来的钱不需要跟我说，只要你能挣到就行。"

于是那个秋后的下午，她带着一身瘀青，又回到了那个吞噬她、圈养她的牢笼。

这个女孩儿自身的懦弱与贪欲是错。

但她的母亲也绝对不是什么善良的人。

天底下的父母不都是无私的。

多数父母唯恐不能把自己全部的好都给儿女，但还是有那么一些父母，只是把养孩子当成一种投资，当成自己无能的遮羞布，当成满足自己私欲的工具。

他们不管不顾地生了你，然后酗酒、赌博、家暴、不着家。

你不成才，他就嘲笑、指责、谩骂；你有成就，他就认定你的优秀完全是他的功劳。

真是难以想象，这样唯利是图、为了钱不惜毁掉自己亲生女儿的家人，能培养出什么人才来。

"蛀虫式"父母，关心的只有投资回报。

"蛀虫式"父母的逻辑，就是"因为你是我生的，所以你的一切都是我的"。

3/

一生受困于母女关系的张爱玲，即使母亲病危也不肯见她最后一面。

听上去是那么大逆不道，那么不近人情。

但你永远不知道一个跟自己亲生父母老死不相往来的孩子，到底经历过什么样的一生难以治愈的创伤。

张爱玲写自己母亲：

"她窘境中三天两天伸手向我拿钱，被她的脾气磨难着，为自己的忘恩负义磨难着，那些琐屑的难堪，一点点地毁了我的爱。"

张爱玲 18 岁那年一鸣惊人，以远东区第一名的成绩考入英国伦敦大学，却因为日本侵华的炮火难以成行，只好转入香港大学。

其母黄素琼却在自己的游历和女儿上大学之间，从容地选择了游历，就此断掉了张爱玲的学费。

张爱玲在香港大学读书期间，黄素琼来香港看她。

得知张爱玲得到了一笔 800 元港币的奖学金，她竟然拿着这笔钱出去打麻将，最后全部输掉。

她一直到她离开也没有问过张爱玲，这学期的学费、生活费怎么办。

于是，这一次次琐碎的难堪，一次次理所当然的索取，一次次"爱财胜过爱女儿"的绝望，一点点毁掉了爱。

就像是她在《小团圆》中写的那样，"我觉得一条长长的路走到了尽头"。

4/

豆瓣上有一个小组，组员都在抱怨父母。

这里边不是一群叛逆小孩吐槽家长，而是一群成人对另一群成人教育方式的控诉与反思。

我的一个朋友是这个小组的成员。

她妈妈经常对她说的一句话，就是"妈妈就你这一个女儿，我不靠你靠谁啊"。

这位妈妈，出轨在先，然后在跟丈夫离婚前卷走了家里所有的钱，并斩钉截铁地选择了不要她这个累赘，却又在她年入千万元时突然冒出来向她要钱。

说不给就去她的公司闹，让她公司的员工都知道，自己的老板是个不尽孝道的白眼狼。

她当然会给钱，而且是一次性买断。

说起这段往事，她总是眼中有泪。

王朔在《致女儿书》里有这样一段话：

　　"孩子给你带来多大的快乐，早就抵消早就超过了你喂她养她付出的那点奶粉钱，这快乐不是你能拿钱买的。没听说过获得快乐还让快乐源泉养老的，这不是讹人么？她大可不必养我，我不好意思……我们的父母这一代丧尽安全感，下意识不自觉——个别人故意——把自己的恐惧传递到孩子身上。"

　　多数父母，倾尽毕生，只是想让自己成为儿女少吃点苦头的底牌。
　　这样的父母，他们让我们了解了孝的本质，了解了爱的表达。
　　而"蛀虫式"父母，却用衣食血缘，毁灭着那些被孝顺所累的孩子。

08
好好活着，
就是你给爸妈最好的礼物

1/

前不久，你可能已经听闻了这样一则消息。

2018年5月6日凌晨，郑州航空港区发生命案，一个21岁的空姐，在搭乘网约车回老家途中被害。

"被害"两个字所指的情况是：

（1）姑娘的尸体是在附近的小山坡上找到的。

（2）被找到时下半身是光着的，身上有精斑。

（3）脖子上两根动脉被割断，心脏、肺多个部位都有致命刀伤，仅背部就有十多刀，身上不知道中了多少刀。

没错！这是一场丧心病狂的奸杀！

受害女孩儿的母亲彻底崩溃，开始胡言乱语，几度昏厥。

这上边每一条、每一个字，都能生生要了一个母亲的命。

最新消息说，警方已打捞出嫌疑人的尸体，根据尸体DNA样本完成鉴定后，可以确认，此次打捞出的尸体就是杀害空姐的犯罪嫌疑人。

这个丧心病狂的犯罪嫌疑人确实找到了，也死了。

然后呢？

抓住了就大快人心？死了就再无相欠？

不可能的。

无论犯罪嫌疑人怎么个死法，受害人父母下半辈子唯一剩下的，都只是无尽的煎熬。

一对夫妻，在半百的年纪上，失去了含辛茹苦养育了二十多年的独生女。

老来丧子，从此人生再无欢笑。

2/

受害女孩儿被害之前，曾给室友发短信，调侃遇到一个夸自己漂亮、想亲自己一口的变态司机。

但她当时并没有太当回事儿。

也许，原本她有逃生的可能与应对的机会。

但她把这个世界上的人想象得太过于善良。

但她没有意识到"人渣"与变态其实一直都在这个世界上伺机猎食。

而单身的年轻姑娘，会让"人渣"与变态的狩猎欲望瞬间增强。

每个女孩儿，只要仔细回想一下，几乎都遇到过几件让自己后怕不已的事。

3/

我在南京上班那一年，公司距离住处有三十多公里远，互联网公司加班严重，经常到家时已经是深夜一两点钟。

那时候觉得工作一天大半夜再开三十多公里的车回家，实在是一件劬累的事。于是，自作聪明地连续几天都从一个拼车软件上叫顺风车，好让自己回家路上可以美美地睡一觉。

直到有一次拼到了一个表现奇怪的男司机。

我一上车，司机就笑眯眯地推了推眼镜，夸我穿红裙子很漂亮。

我愣了一下，只是木木地说了一声"谢谢"，但完全没有下车的警觉意识。

司机一路上不停地讲话，不管我有没有回应他，讲到激动之处，他还会手离方向盘。

车子上了高架后，他开始问我各种问题，一开始我以为是像很多拼车司机一样喜欢唠唠家常，直到他问我"在南京是不是跟什么朋友住一起啊"。

我才意识到，他在刺探我是不是独居女性。

我赶紧撒谎说，自己早就结婚了，老公就在本市，正等着我回家呢。

他狐疑地看了我一眼，笑嘻嘻地反问我："你骗人的吧？要是我有个你这样的老婆，可不舍得大半夜让你一个人回家，我怎么也得开车来接你啊。"

我一下子慌了。

我赶紧主动问了他一个问题，趁他眉飞色舞回答的空当儿，火速给朋友发消息过去，要他打电话过来。

接起电话来，我在这边大大咧咧地表示，还有一刻钟左右能到家，还特意说了一下自己已经走到哪里了让对方放心。

挂掉电话后，司机还是一再挑逗："这是你老公吗？听着也不像啊。"

我不再搭话，仔细观察着他的行车路线。

还好一分钟后，电话再次响起，我假装极不耐烦地表示："快到了，马上了，别打了。"

车子开到小区门口时，司机还是不甘心，说："你这大半夜的自己走夜路也不安全啊，我直接把你送到家吧，你在哪一栋啊？"

我赶紧谢过他，抓起包来推开车门就跑。

不知道他在我身后喊了声什么。

所幸，他的车子被小区门口的拦竿挡在了外边。

所幸，值夜班的大爷没有直接放行，而是出来问他问题要他登记。

可能，他当时也没说出什么像样的理由；也可能，他突然觉得这事儿变得有些麻烦。

总之，他调了个头，开走了。

我回到家后，才注意到，他的历史拼车记录，只有三单。

在这之前，粗心大意的我从未觉察。

而我那时，恰是一个在南京独居着的女孩儿。

如果，没有那么多"所幸"；如果，任何一个环节出了问题，后果都会不堪设想。

在这之前，我一直大大咧咧，没什么安全意识。

总是侥幸，怎么可能这么倒霉，偏偏让我遇到变态。

还会开玩笑，整天想着防这防那的人，八成是得了什么被迫害妄想症吧。

但从那以后，我一个人深夜不得不打车的时候，一定会在上车之前做三件事：拍车牌、拍司机、发信息给可以信任的人，并随时汇报位置。

想要一家人平平安安，那你请务必保证一个人出门在外时多长点心眼儿。

4/

一个女同事曾给我讲过她打黑车的一次经历。

那天她从立水桥地铁口出来，看到一群人围着一辆车，司机正和一个执法人员争执，最后那辆车被拖走了。

那辆车的司机站在那儿，怅然若失，无所适从。

之后，她像往常一样图方便打了一辆黑车往家走。

路上，这个黑车司机主动跟她聊起这事儿。

"嘻，这就是个草包，被人钓鱼执法了，眼睁睁看人把车拖走了，一点儿也不反抗，太不男人了。"黑车司机嘲笑道。

同事惊讶地问："那还能怎么着啊，毕竟自己违法运营在先啊。"

"能怎么着？要是我，就拼了。这车子就是我的全部身家，谁不让我活了，我就敢不让谁活，谁怕谁啊。"

同事听得后背发凉，从此再没打过黑车。

活着就是这么荒诞。

你永远不知道，自己下一秒会因为什么微不足道的原因丧命。

5/

无独有偶。

你应该还记得，几年之前的江歌案。

一个母亲，把闺女送到日本读书，闺女却被其闺蜜的前男友连刺十多刀身亡。

就在自己家门口前，就在那个事后声称自己"不记得了""不清楚"的闺蜜门外。

母亲唯一的女儿，承受了十多刀的疯狂砍杀，刀刀致命。

最后因失血过多身亡。

如此丧心病狂的伤害与虐杀，这要让一个母亲下半辈子怎么活？

你难以想象，在这之后，母亲要承受怎样巨大的痛苦与挫败，强撑着为女儿寻找真相。

你难以想象，母亲节这天，母亲看着女儿生前的一张张照片，会怎样在万家灯火中失声痛哭。

前一秒天伦之乐，后一秒家破人亡。

任何一个母亲，任何一个父亲，都承受不了这种突如其来的绝望。

6/

姑娘，我们的父母真的没有那么坚毅。

请你务必好好珍爱自己，不要给他们下半辈子无法治愈的伤。

父母不指望我们功成名就，不指望我们升官发财，他们只希望我们平安幸福。

所以请你务必提高安全意识，务必警惕这世上毫无底线的"人渣"，务必尽最大努力好好地活着。

因为没有了你，家不成家。
因为睹物思人，最是残忍。
世间悲凉，不过是，孩子不在了，我还活着。

母亲节前夕，很多可爱的姑娘在后台发私信问我，给妈妈送个什么礼物好呢？

我想说，好好活着，就是你给父母最好的礼物。

09
饭要自己吃，梦想请自己实现

1/

一位妈妈，为了让儿子按照自己的意愿执行一切，甚至不惜通过自残来达到目的。

可以说，这母爱简直已经伟大到匪夷所思的地步了。

控制欲旺盛的人，最擅长给人制造内疚。

她看似无私，看似掏心掏肺地为孩子奉献了自己的一生，其实一直暗暗把自己一厢情愿付出的点点滴滴都记在心里的小本本上。一旦你违逆了她的意见，她立马就能悲痛欲绝地拿出这些年的"辛苦付出"，数落你，谴责你，说你不懂事，说你没良心，说你对不起她。

她不高兴了，她瘦了，她腿疼，她腰酸，她出了任何问题，就一定都是你不听话惹出来的毛病。

那些打着"我爱你"的幌子，绑架儿女帮自己实现梦想的人，最终毁灭的，都是儿女的幸福。

在"付出感"说教氛围里沉浸久了，你自身的思考意识就会麻痹掉。最终，你只能沦为她实现人生梦想的"完美工具"。

是不是很恐怖？

不要整天说什么妈妈希望你怎样怎样。

您这不叫希望，您这叫胁迫。

2/

这种理直气壮的胁迫关系，不单单存在于两代人之间，夫妻之间也很常见。

有些人可以承认自己是"啃老族"，但却不肯承认自己是"啃伴侣族"。

《中国式离婚》中，陈道明饰演的宋建平和蒋雯丽饰演的林小枫夫妇，简直就是胁迫式夫妻关系的样本。

林小枫是个小学语文老师，婚后每天素面朝天，对这个家倾尽所有的精力，但对在公立医院做医生、收入不高的老公宋建平颇多怨言，她想尽办法"激励"对方心思活络一些，时不时地要求他跳槽去外资医院多赚点钱。

其实，做妻子的，希望老公多赚点钱，改善家里的生活质量没什么问题。

但她的问题在于偏激的鞭策方式。

一言不合就甩脸子，他想亲热一下她偏要分房睡，很少能和和气气地沟通，只希望对方在感受到自己的不快乐时能够赶紧找找原因然后做出改变。

这种让对方背负自己消极情绪的指责方式，不但不高明，而且会适得其反。

更重要的是，一直以来，她把自己全部的希望都赌在老公有一天能奋发图强、飞黄腾达上。

她从一开始的冷漠逼迫，到后来的歇斯底里。

婚姻，一直是她成就人生价值的唯一途径。

换句话说，我的梦想就是，让我老公成才。

这种理直气壮的想法很少见吗？

胁迫式的婚姻关系，一直都隐藏在"我爱你"的外衣下。

不要以为，你跟某个人有婚姻关系、血缘关系、几十年老交情，你就拥有了胁迫对方帮你实现梦想的权利。

这种胁迫，最终会变成令人窒息的束缚。

当一个人意识到自己喘不过气的时候，就会反过来重新审视你们的关系。

对方想明白了，你们也就缘尽于此了。

3/

对身边人的胁迫，往往来自自己内心的恐惧。

看上去，你是害怕儿女身体不好，害怕伴侣没好前程。

其实归根结底，你怕的是自己人生失败，怕的是自己毕生梦想破灭。

你的解决方案不是自身努力，而是绑架至亲。

但是，梦想只适合励己，不适于律他。

石康在《奋斗》里说：

　　"年轻人就是要有那么一点傲气。如果连自己的路都不敢走的话，那叫没出息。"

　　所以，这饭还是要你自己吃，梦想还请你自己实现。

10
被视而不见的大人毁掉的孩子们

1/

十一过后错峰出去玩，我找了个小岛光着脚丫子沿海边散步，刚好看到了一个顽皮的孩子被制服的一幕。

一个看上去大约八九岁、身材胖胖的小男孩，跟在他父母身边溜达，突然没来由地从脚边捡起了两个沙土块，开心地朝一个海边露营帐篷的顶部精准投掷过去。

帐篷里随即传来凄厉而惊恐的"啊"声，一个女孩儿从帐篷里钻出来，用手抹去脸上的碎沙，揉着通红的眼睛，气愤地朝着那个胖胖的"嫌疑人"背影大喊一声："你站住？为什么要朝我的帐篷扔沙子！"

住过露营的人都知道，简易帐篷的上方是通气天窗，沙子砸下来可以直接落到人身上去的。如果你恰好脸蛋对着纱网天窗躺着，那砸下来的沙子就要进到眼睛里去。

这姑娘估计恰好就是这么倒霉。

然而更撩火的是，小男孩儿全家团结在一起，迈着坚定的步伐继续向前走去，完全没有回过头去看一眼这个歇斯底里的可怜人的意思。

那姑娘肯定不干了，大声喊了几次"站住"没人理会后，生气地大喊了一句"你们一家子都有病"——依然没有任何回应，前行的步伐依然铿锵。

这一家子装聋作哑的行为，震惊了整个沙滩的旁观者。

这孩子很幸运，遇到了一个文明的受害者。

小男孩尝到了恶作剧不用负任何责任的甜头后，欢天喜地地又抓了一把沙子向一个迷彩帐篷上故伎重演着自己新研发的"整蛊游戏"。

只可惜，这次从帐篷里走出来的，是一名壮汉。

"你扔的？"汉子问。

得不到回答，一家三口的背影在沙滩上散发着笃定而不屑一顾的光芒。

"回来道歉就什么事儿没有。"汉子开始喊了，毕竟这一家子"逃"离现场的速度开始加快了。

依然得不到回应。

汉子没再说话，冲上去从后边一脚踹飞了那个胖乎乎的男孩。

真的是踹飞。

老远能看到胖乎乎的一团从空中划过一道弧线，孩子"哇"一声哭了，得亏是沙滩，软乎乎的估计没摔坏，孩子试图爬起来为自己报仇。只是刚晃到汉子跟前，汉子紧跟着又是一脚，又是一道美丽的弧线……

这下家长不淡定了，破口大骂。

但壮汉不为所动，只是笃定而缓缓地走向自己的帐篷，任由海浪声在耳边缱绻呢喃，那铿锵的步伐与坚忍的意志不减分毫。

骂累了的家长没有胆量追上去，最终拽着孩子离开了沙滩。

几个注意到整个事件的观众，齐刷刷地鼓起了掌。

当时突然想起刘瑜写过的一句话："一切低俗的东西在高雅的东西面前，有它自己的奥妙。"

多数人出门在外，其实都希望通过讲理来解决不文明行为，可视而不见的家长和肆无忌惮的孩子，总是等着以暴制暴的"野蛮人"来制服自己。

是不是挺神奇？

2/

2018 年 4 月 27 日，四川遂宁市 16 路公交车上，一名 7 岁男童 3 次脚踢一名男子的手背。

随后，该男子拎起男童，摔在地上，男童当场倒地不起。

本来，暴力在任何时候都不该与正义挂钩。

当时这个监控视频放出来后，很多看了的人第一反应都是"大快人心""活该被打"。

人类在教养与道理的约束下，都在努力做一个文明人，讲道理、讲分寸、不偏激、不极端。

可当看到有人站出来替你长久以来忍受的憋屈出了口恶气的时候，人类第一个反应不再是理智地分析事情本来孰对孰错，而是当即拍案而起，大叫一声——爽。

按照打人男子的回忆，那段时间他工作很不顺利，心气不顺，当时俩小孩一上车就打闹，后来其中一个小孩先下车了，剩下一个小孩还是不老实。于是他提议，要小孩坐在他身边的座位上消停会儿。

小孩非但不听，还往他的手背上连踹 3 脚。

男子窝了一肚子的火，瞬间被点着，当场收拾得孩子倒地不起。

事发后他自己回头看视频，都被自己的行为吓到了。

很多人都是这样，平常是一个心平气和的大好人，可当最后一根稻草压下来后，就会变得情绪失控，做出极端的行为。

我们不确定，这个被摔在地上的小孩，如果爸妈在场会更收敛，还是更嚣张。

但有一点是确定的，当家长放任孩子独立面对这个世界的时候，世界往往不会因为他还是一个孩子，而骄纵之、忍耐之。

那些乱按电梯被扇巴掌的小孩，那些因为往邻座水煮鱼里吐口水而被按进水煮鱼里的孩子，那些公交车上因为挑衅踢人被拎起来暴打的孩子，往往在第一次做这种"孩子行径"的时候，只是被家长当作无足轻重的小事一笑而过了。

孩子开始往往只是觉得好玩，不知对错。

但如果家长也不告诉孩子什么是对、什么是错，小孩就会默认这些"小动作"可以在任何场合对任何人实施。

如果孩子遇上了"文明受害者"，就会变本加厉。

如果孩子遇上了心气不顺的人，很有可能因此而丢了性命。

人在崩溃边缘的时候，最怕旁人煽风点火。

视而不见，终究要为教育失责买单。

孩子难管也要管，孩子吃没吃亏都要管。

不要以为眼前吃亏的不是自己的孩子，就可以不管，家长无法为孩子的一辈子保驾护航，早晚都有把孩子撒出去的那一天，这世界到处都是失意的人，并不是所有的人都可以因为他只是个孩子就会多一些包容与温和。

3/

《奇迹男孩》里，朱利安因为霸凌面部有畸形的男孩奥吉，而被土什曼校长叫了家长。

校长办公室里，朱利安的爸妈从坐下来开始，就摆出了一副我家儿子没错的态势。

土什曼校长耐心地把朱利安如何霸凌同学的行径一一列出来，希望家长能够重视这些事情——往同学的桌洞、储物柜里放侮辱性纸条，在班级大合照的背后写了"帮大家个忙，请你去死吧"这样的诅咒留言……

但朱利安爸妈依然选择无视。

他们不认为自己儿子攻击一个面部有先天畸形的孩子有什么错，这个世界本来就很残酷，就不应该照顾每个人的感受。

结果，校长说了一句这样的话：

"奥吉改变不了他的相貌，我们可以改变自己的眼光。"

朱利安听到这句话后，眼中盈盈有光，马上意识到自己的问题出在哪儿了。

小孩子先天畸形或先天残疾，他自己也不愿意，并不是故意长成这样来吓唬别人，这件事情无法改变。但我们看待这件事情的方式可以改变。

连孩子都意识到了自己的问题所在，可高傲的家长，丢下一句"明年我们不会再来这个学校上学了"就要一走了之。

朱利安站在门口，回过头来，说了一句"土什曼校长，我真的很抱歉"。

孩子对是非对错的判断，甚至比大人都敏感。

冥顽不化、不肯低头的，往往只是大人可笑的自尊心。

孩子如果知道自己错了，会马上跟你道歉。

大人如果被告知有错，第一反应不是反躬自省是不是问题真的出在自己身上，而是先想着如何保住自己的面子。

孩子其实什么都懂。

孩子最初看待世界的方式，取决于家长如何教他做人。

就像鲁迅先生说的，小的时候，不把他当人，大了以后也做不了人。

小孩也是人，只有不停地教，不停地管，长大了才能让他做一个堂堂正正的大人。

Part 3

我从不跟差点
意思的人周旋

真正的人间情义，

是银鞍照白马的侠义，

是刀光映剑影的仗义，

是山盟海誓决不背弃的忠义，

是心怀天下兼济苍生的仁义，

是恩怨两清就此别过的明义。

01
什么样的情况，
让你产生了删好友的冲动？

1/

昨晚在微博私信箱里，我看到一个高三男生发来的一条消息：还是 QQ 好，删除好友我是双向删除，自己和对方的列表里都没有了，微信功能太不人性化。

当时我就有点好奇，因为在这之前，我是一个完全不知道 QQ 删好友还可以双向删除的落伍老阿姨。

于是我给他回复："小伙子，被人删微信好友了吧？"

他几乎秒回："嗯，是被人删了。我用了一个软件试了一下，发现好多人早就删了我了，搞得我心里堵得慌，题都做不下去了，感觉快抑郁了。为什么这些人删我之前不能跟我打个招呼呢？"

我觉得这个小伙子提了一个很好的问题。

你们逛过那种一步一摊的购物城里的小店吗？

里边，玫红色绒布沙发上坐着一个妖媚的店主；外边，玻璃门上贴着"面斥不雅"四个字。

对，就是这个意思，面斥不雅。

我想说的是，如果是我删好友，我也不会通知对方。

两个原因。

（1）删就删了，干吗还去膈应对方？

假定一个场景，你在街上遇到一个大哥，头发染得姹紫嫣红，那你会上去一拍大哥的肩膀，直愣愣地说："大哥你作啥妖呢，整得跟个鹦鹉似的，老招笑了，以后别让我再看见你！"

你敢？你这不找打嘛？

你不爱看，不看不就完了嘛，去招惹人家干啥？

（2）过了好长时间才发现被删了好友，有跟没有，其实一样。

除了正面冲突一气之下删掉好友，一般来说没人会莫名其妙地删掉一个高频联系的好友。那种看着你的头像超过十秒反应不过来，再翻翻你的朋友圈，死活想不起来你到底是谁的好友，能算好友？

总有人在心情不好的时候想要删几个好友发泄一下，你只是不巧被选中，没有为什么。

2/

那么，多数人会在什么情况下删好友呢？

（1）麻烦朋友圈第一条点一下赞，谢谢。

有一种好友，你加上之后从未聊过，聊天对话里全是他发来的"麻烦朋友圈第一条点一下赞，谢谢"，这会让你觉得自己完全就是她手底下的专业点赞器。

最后你只能默默删之，以表达自己的不满。

（2）清清吧，不用回。

好的，既然你跳出来了，那我就顺道清清吧。

这就是有些人发完检测对方是否删了自己的群发微信后，发现自己迅速被删的原因。

（3）普通朋友发 6.66 元，同事发 8.88 元，暗恋发 520 元……我们是以上哪种关系？

我们是哪种关系你心里没点数？

"网络乞丐"最招删。

（4）每天发很多次自拍照狂刷朋友圈。

朋友圈发得太多也会不招人待见。

（5）晒包，晒表，晒对象，晒余额。

生活圈层不一样，最容易让人生发出厌恶感来，删了你只是为了更好地笑对人生，就是这样。

（6）几年不联系，上来就请你帮忙。

"听说你在医院工作？能帮我家哈士奇挂个号吗？"关键时能调用的人脉，都是平常的感情积累出来的。

这种说不出你是谁还想让人帮你跑腿办事的人，通常都想不劳而获。

（7）对于喜欢的人，感觉自己没戏很绝望，任由她躺在好友列表，会怕自己忍不住搭讪。

很多姑娘对这一条肯定深有体会。有男生追你，你对他没啥感觉，但人家也不是坏人，索性就这么放着吧，但时间久了却突然发现自己：被删好友了。

对，当一个人喜欢却意识到自己得不到，就只能删了假装不想要。

3/

删好友的念头，通常发生在某个瞬间，没什么深仇大恨，就是有人看到你某条朋友圈不顺眼。或者他自己最近不顺，就顺手删几个好友，试图跟自己的现状告别。

这种情况会让很多被删的人感觉莫名其妙，或者恼羞成怒。

如果你被删好友，请记住，99% 不是误删，更不是软件出了问题。

通常删你好友的人跟你的本质关系是这样的。

（1）你们之间几乎没有交集。

你们可能在某个浮夸而不好拒绝的场合加过好友；你们可能是小学毕业后再无联系的同学；你们可能一个是每天发鸡汤，另一个每天发行业新闻的不相干的人。

从生活到工作，极尽任何可能性，你们都再无交集。

对方删了你就意味着，很不幸，你对他来说毫无意义。

（2）观念不合。

删好友的人，分两种：一种是定期删，想给自己的生活做减法。另一种是随机删，看到让自己不爽的随手解决掉。

第一种通常是要按照亲疏关系理性思考，好让自己能保持清静；第二种只需要看你朋友圈一眼就非删不可。

我举个例子。

我有个哥们儿，是某人的粉丝，结果刷朋友圈偶然发现，一个新加的好友发了一条这样的朋友圈：喜欢 ×× 的男人，百分之百都是"渣男"。

这哥们儿当时气得脸发青，手起刀落就给这人删了，删好友的时候还在饭桌上。

这可不是简单的亵渎谁偶像那么回事。

而是典型的观念不合。

每个人在朋友圈里转发的东西，都是一些反映他自己对事物看法的东西，当你发现他转的东西跟你的观念完全是对立的，那一刻你就会了解：你跟这种人这辈子也做不了朋友。

（3）想彻底退出某个圈子。

这种情况经常发生在同事之间。

之前你跟王翠花是上厕所都要一起的交情，但她不久前离职了，你发现你被她删好友了。

你左思右想都想不明白自己到底做错了什么，于是痛彻心扉的哀号响彻楼道。

如果你留意就会发现，她删掉的不止你一个人。

同事关系很诡异，在一起工作时，每个人都在你的"点赞区"守候；一旦你离职了，同事们就像人间蒸发了一样，齐刷刷地不见了。

很多人会对同事圈子感到陌生，为了不时时伤感人走茶凉，索性退出。

4/

微信好友列表本来是想提供一种快速升温的便利，却也在无形中给人与人之间带来了复杂的猜忌。

你一切顺利倒没啥，一旦出个什么纰漏，第一时间截图并煽风点火的，常常就是那些常年躺在你好友列表的伪好友。

所以屏蔽也罢，删好友也罢，三天对你可见也罢，不见得有什么深仇大恨、水火不容，更不存在看不起你的情况。

删你的人，很有可能只是缺乏安全感。

这世上不存在什么优雅互删的行为，好友列表就是一个有人来有人走的江湖。

毕竟，唯有删掉熙攘的过客，才能留下真挚的同行。

02
懂分寸的人，更值得交往

1/

前段日子，三毛的闺蜜薛幼春女士来苍山图书馆做分享，主题自然是三毛的生平故事。

换句俗套的话来说，就是告诉你一些鲜为人知的三毛故事。

说实话，其实打着这种噱头的分享会，我常常会从骨子里有些抵触，觉得人一旦成名，一夜之间会冒出来一些声称是其生前密友的人来消费名人，以期给自己博取一些名气或其他好处。

那天刚好手头没什么要紧的活儿，便溜达过去看个热闹。结果，却意外见识了上一辈挚友之间那种最质朴的分寸感。

分享会开始之前，薛幼春老师先做了两点说明与要求。

（1）她希望现场来的朋友不要录像。因为，她今天只是想跟真正喜欢三毛的那些人聊聊三毛生前的一些小故事，而不希望因此对三毛造成曲解和误读。

（2）她此行出发之前，曾郑重向三毛的家人报告了她的行程安排，甚至要分享的具体内容，都一一报告清楚。

这件事没人要求她这么做，但由于三毛对她来说是重要的人，不伤害与不误解便成了至关重要的事。

第一点，她在尽自己所能地守护好友的声誉与形象。

第二点，她在用一个人的自觉，努力照顾到好友家人的感受。

如此谨慎与谦卑的幼春老师，其实跟三毛有过很密切的书信往来。同在台湾，一个作家，一个画家，心灵相通，有过很多挚友间特有的温存。

但这些，她不曾拿出来炫耀，更不会因为关系足够密切，就要曝光一些秘闻博人眼球。

真正的挚友便是如此。

她们永远不会仗着关系密切，就失了彼此间互相敬重的分寸，反而加倍地去照顾并体谅对方。

这样的人才更值得交往。

2/

前不久，有一档真人秀综艺节目录播了。

有位姑娘美丽动人却没男生喜欢她，很多人为她叫屈。

其实，这个姑娘表现出来的最大问题便是边界感模糊。

她在别人明显抛出排异信号时，依然强行介入，这种不尊重别人的行为，显然讨不了好。

所以，你纳闷，为什么一个男生可以礼貌接话，可以给你穿围裙表示暧昧，还可以在你想要荡秋千时推你一下；唯独就在表白的关键点上，果断要推开你？

因为，无论是谈恋爱还是交朋友，能让人感到舒适的，永远都是那种知进退、有分寸的人。

当你发现对方刻意不肯跟你深交时，问题很有可能就出在了你的某些表现失了分寸，从而给人家带来了不适。

这种尴尬与难受，通常不会写在对方的脸上。

但是，当你不明所以地想要跟对方更进一步时，就会被果断推开。

不是这世界变化太快，也不是旁人翻脸无情。

而是你从未用自己该有的分寸，让对方放心地认为你是一个可以交心的人。

3/

分寸感其实是一种很微妙的东西，多了是生分，少了是不懂事。

那些无坚不摧的老情谊之间，都形成了各自知根知底的交往模式与处事分寸。

总的来说，大家都介意的分寸感缺失的情况，也是有一定规律可循的。

（1）交浅言深的自来熟，最是惹人反感。

那些跟某个大人物不过是会场上加个微信的点头之交，就喜欢逢人吹嘘"我一个很牛的朋友"怎样怎样，这种人最容易招人反感。

（2）过度打探别人隐私。

你月薪到底多少啊？你爸妈到底做什么的啊？你家有几套房子啊？说说嘛，我又不是外人。

能把这类话问出口的，你还真是个外人。

（3）好为人师，非要自以为是地指导别人的人生。

我的一个做自媒体的姐妹，说自己只会拉黑一类人，那就是一些费尽心思加上她，就是为了教她如何写作，甚至以导师的身份对她的婚姻指手画脚的人。

让她哭笑不得的是，这些自以为一身武艺的"高人"，打个招呼都是病句。

（4）不分场合乱开玩笑。

说出来你可能不信，有些人绝交，就是因为玩笑开过了。

有一次，一个朋友结婚，闹洞房时难免有一些丑态，新娘反复地说，这些照片你们可千万别发朋友圈啊，结果还是有一位伴娘发出去了，引来一堆共同好友话里有话的评论。新娘打电话过去，很严肃地跟伴娘说，删了还能做朋友。结果伴娘还在那打哈哈，说有什么好在意的嘛……新娘直接拉黑了伴娘，从此老死不相往来。

看上去是新娘小气，其实是伴娘不尊重别人的底线在先。

4/

婚恋节目主持人曾与相声演员联袂主持了一档节目。

这档节目中，相声演员特会抖包袱，反应机智，表现出色。相形之下，一向言语出彩、一针见血的婚恋节目主持人就有些发挥失常。

可他对此却坦然得很："我一点也不介意，我觉得我的搭档是一个台上台下都很好玩的人。这个舞台需要每个人找准自己的定位，不是任何时候都会以你为中心。有些主持人就有这个毛病，任何地方、任何环境都觉得自己是万众瞩目的焦点，不管在什么场合都要自己说得最多。其实并不是什么场合都适合你，什么场合你都是中心。"

聪明人永远都懂得一个道理，那就是：不是你足够优秀，你的朋友们就活该一直捧着你的臭脚。

人与人之间最根本的相处之道，是你得意时他知道提醒你收着点儿，你失意时他愿意自矮三分让你高兴高兴。

所以，那些受人敬重，与很多人私交关系很好的人，总是有着进退有度的大智慧。

因为懂分寸的人，更容易被信任，更容易被依赖，更容易被别人放在心里比较重要的位置上。

正如该主持人形容自己交友倾向那般，"有话你就说，但应该知道分寸。做主持人也好，做人也好，我都愿意和那种懂得分寸的人打交道"。

无论事业上的合作伙伴，还是生活里的亲戚朋友，大家更愿意深交的，永远都是那些懂分寸、守分寸的人。

而这玄乎其玄的分寸，拿捏起来确实复杂。

最靠谱的分寸感，就是永远不要把超越你们情分的话说出口。

03
为什么人越长大就越懒得去维系关系？

1/

三十出头的狗哥，给我讲了一个刚刚发生的亲身经历，我听完觉得还挺扎心的，给你们分享一下。

狗哥的一个初中同学过生日，并对狗哥发出了邀请。

而且，这位同学还在群里把已经答应参加他生日宴的人的名单一一列出来；给几个不来的人示威，并再三提醒其他几个没第一时间给他准确答复的人。

财大气粗的狗哥瞟了一眼，第一个公然回拒：生日宴就不参加了，赞助白酒一箱以表歉意。

结果这同学阴阳怪气地回道："那送酒的时候你叮嘱快递小哥给我搬到家里来，可别让我自己下楼接，否则别怪我不领你这份情。"

隔着屏幕，狗哥简直哭笑不得：老子欠你的？吃白食还得要五星服务伺候您？脸咋这么大呢？

狗哥直接给他顶回去了："哥们儿你就当我这话没说吧，酒我不送了，遥祝寿比南山。"

班级群里一下子就安静了下来，接着大家就像被激励了一般，纷纷跟上狗哥的步伐，果断回绝了他。

这哥们儿哪受得了群起而攻，人家想当年可是班主任的宝贝儿子啊，就算感冒一下，全班同学都要跟着停课一周，这是何等的威仪！

于是他习惯性发了飙，脏话连篇地问候起了同学们的父母双亲。

结果，整个群就剩下了他一个人。

是的，大家集体退群了。

而且，在退群之后，这帮人重新建了一个群。

这个班级群人员整整齐齐，唯独缺了这个特拿自己当回事儿的"天之骄子"。

狗哥说，那天一帮三十好几的老爷们儿小媳妇，为这事儿讨论到挺晚。

狗哥把那天的讨论情况截图发给我看了一下，大概意思就是，这不是谁故意给谁甩脸子让哪个下不来台，只是大家都是要"奔四"的人了，犯得着非要上赶着取悦谁、讨好谁吗？

年轻的时候，我们待人处事都习惯了看背景、看局势、看眼色。这个人家里有多厉害得罪不起，再不乐意也得赔笑脸。那个人也许将来在业务上有交集，再看不惯也得上赶着给人点赞。

现在呢？人到中年，不喜社交，不爱发朋友圈，也懒得费尽心思讨好家人以外的人。

中年人在社交方面普遍都变得特别懒。

懒得惯人毛病，懒得捧谁臭脚，懒得取悦那些即便很厉害但跟我没啥关系的人，懒得让自己表现出一副跟谁都合得来的好人缘样子，懒得再去费尽心思地维系那些不堪一击的关系。

可能他们依然没有大富大贵，也没有取得出人头地的成就。

但就是活得如此洒脱。

　　换句话说，年少时我们喜欢互惠互利的人，成熟后却只想交往简单的人。

2/

　　一个 1997 年出生的女读者跟我抱怨，男人年纪越大，品位越差。我被她这个匪夷所思的结论搞得摸不着头脑。

　　她急匆匆地跟我解释："直说了吧，我新谈了一个大我 16 岁的男朋友，经济条件确实很好，也很有才华。我比他前任身材好，也比他前任年轻漂亮很多，但他却因为前任更愿意陪他打那种老掉牙的单机游戏，就跟前任和好了，你说他是不是没品位？"

　　我突然觉得，这个事儿可以用《春娇与志明》里的故事来解释。

　　张志明是孩子气、长不大的大男孩儿。

　　他喜欢把干冰放到马桶里，望着白雾升腾，他会趴在马桶边开心地自言自语。

　　张志明新谈的女朋友，是年轻漂亮的空姐，工作体面，身材极好。

　　但她看他趴在马桶边时的眼神，就像是在看怪物。

　　而春娇，却是那个愿意陪他观赏这一切，愿意陪他一起任性。

　　心智稍稍成熟一点后的志明自然会慢慢明白，只有那些能懂你喜欢的东西的人，能陪伴你、理解你的人，才是最不需要费尽心思去取悦的人，才是相处起来最舒服的人。

　　至于其他的，也许都不错，但相处起来都太辛苦。

　　这便是开头那个 1997 年出生的姑娘不能理解的答案。

　　对中年人来说，人与人之间的比较，不再是谁比谁高级，而是谁比谁更适合自己。

3/

很早之前我写过一篇名为《很感谢你能来，不遗憾你离开》的文章，有关人际，有关友情，有关朋友之间的变淡与疏离。

那段时间，好多人深有感触，于是急着要把自己失去朋友的故事讲给我听，其中有一个故事，让我印象特别深。

一位姑娘跟我说，自从结婚生娃之后，感觉朋友都跑干净了，只好重新交一些新的朋友，但这恰恰让她彻底领教到了什么叫作两面派。

她说："有的人，你跟她说话，十句回不了一句，见了面冷冷淡淡从不主动跟你打招呼，在别人那儿却特别话痨，太虚伪了吧，这种人就不招人喜欢。"

我顿了一下，反问她："那有没有一种可能，其实是人家就不想让你喜欢呢？"

有一期电视栏目的嘉宾是位已婚男演员，他在被采访时自曝，说自己又宅又闷。

主持人就问他："那你在家和老婆话多不多啊？"

他脱口而出一个词——狂说。

对，有些人就是这样。

在无所谓的人面前，冰冷得像一个没有感情的杀手；在有所谓的人面前，自如得像一只脱缰的野马。

你爽不爽不重要，他们只管按照自己的社交喜好去对待这个世界。这是他们的"交友洁癖"。

4/

中年人不是因为建立了稳定的生活圈子，才会懒得去维系那些纷繁芜杂的人际关系。

他们其实孤独得很。

翻遍微信也许根本找不出一个可以说话的人，心里有不痛快打给谁都觉得不太合适。

年轻时有强烈的倾诉欲，现在只想自己一个人待着慢慢消化。

哪怕一个人宅在家里，也不愿意去参加那些不纯粹的饭局。

《凡人歌》里唱：道义放两旁，把利字摆中间。

人越长大，越腻应这种表面上把我当朋友，其实却只把我当工具的交情。

这种关系，想想就累。

就像周国平说的：

"我天生不宜交际。在多数场合，我不是觉得对方乏味，就是害怕对方觉得我乏味。可是我既不愿忍受对方的乏味，也不愿费劲使自己显得有趣，那都太累了。我独处时最轻松，因为我不觉得自己乏味；即使乏味，不累及他人，无须感到不安。"

所以，真正活得通透的人，往往都是既孤独又洒脱。

这些洒脱的中年人，看上去懒得社交，实际上只是在寻找与自己真正相似的人。

04
为什么朋友圈会让我们不快乐？

1/

你有没有发现一种诡异的情况，就是朋友圈刷到朋友动态的频次越来越少了？

是因为你被对方无情而悄悄地删好友了？

还是因为你的朋友圈不堪精修图的重负自行歇菜了？

不不不，当然都不是。

很大的可能性是，以前那些"表现型"人格的朋友们，最近不太想那么卖力地表现了。

为什么呢？

讲个刚听来的故事。

王姓姑娘，最近刚经历了一次愉快的公司团建活动，公司补贴每人2000块钱，不够的自己补上，目的地任选，可以说是很人性化了。

于是，她跟另外七个女生相约去了趟中国台湾，八个姑娘吃喝玩乐一起，自然拍出来"能用的"照片，重合度也是相当高的。然后不可避免地就会出现同一种情况：她们的共同好友，要几乎在同一时间8次"批阅"同质化相当严重的8条朋友圈状态。

就是在这种情况下，王姑娘发现了一件诡异的事。

她的直属上级，竟然给其他七个姑娘不厌其烦地点了赞，唯独落下了她。

试问自己跟这个女上级有什么过节吗？

至少她认为完全没有。那女上级为什么要这样对她？

王姑娘以技术探讨为名，问我腾讯是不是出了一种新的功能，比方说，同类东西出现超过8次，就会被自动过滤掉，对方就看不见啦？

我显然明白这其中的深意，但还是决定告诉她真相："没有，人家就是对你有成见。"

王姑娘一听，当场就崩溃了，说自己不明白，这种情况真的很让人难受，惆怅又憋屈。还说以后尽量少发朋友圈，内心脆弱受不了这个。

你看，为什么发朋友圈的人越来越少？

因为不快乐。

因为大家嘴上倔强地说着爱谁谁，口口声声宣扬自己发朋友圈只是为了纪念生活，但其实每刷一次朋友圈，内心的惊涛骇浪就会此起彼伏。

自个儿发了一条状态，每隔几分钟，就忍不住要去查验一下这条朋友圈底下的"收成"。

在意的人发了一条状态，每隔几分钟，你就要咬牙切齿地琢磨，这都过去多少分钟了，为什么他还不回复我的评论？

"点赞狂魔"横扫了所有人的状态，你气呼呼的，为什么他在别人状态底下疯狂撒欢，对我的状态却从来不点赞不评论？

月黑风高夜。你好不容易来了久违的状态，编辑了半个小时，发了一条超级文艺伤感的句子，可为什么迟迟没有人来问你："是不是不快乐呀？"

期待回应，就是会不快乐。

2/

朋友圈里的社交关系，让我们觉得躺累。

现实生活中，大家如果彼此处不来，激烈一点的人，会大吵一架，老死不相往来；柔和一点的人会选择悄悄疏远，绕着你家门口走。

朋友圈里的社交生态呢？

连一个简单的赞，都能有一万种含义。

"慕容铁蛋"为什么要给我点赞？是真心觉得我发的内容超好而且赞成我的观点？

"西门翠花"为什么要给我点赞？难道就只是单纯地为我"集赞换保温杯"捧个场？

"司徒野狗"为什么突然把我所有的状态都补了一遍赞？是习惯性的敷衍吗？

都有可能。

这才是让人不快乐的原因。

而简单直接，永远是社交模式中最让人舒适的。

这些一个赞、一条评论承载的复杂心思，实在让人心累。

觉得他们虚伪，觉得他们夸张，觉得他们在贬低点赞的价值，觉得他们在赤裸裸地组团排挤别人，觉得自己跟他们越来越不像同一个世界的人，觉得自己越来越猜不透每一个赞的含义，觉得那个可以仗剑走天涯的自己，被一种微妙的东西绑架了。

这种绑架，让你不像自己。

点赞要三思，评论要三思，发朋友圈的措辞要三思，发状态的时间要三思。

你永远不知道，一个不经意的举动，到底触动了哪个朋友的神经。
你永远不知道，一个点赞的行为，什么时候竟然成了你们交情之间的分水岭。

明明只是一个简单的肯定，我们却偏偏把它等同于个人魅力的体现。
明明记录生活是一件单纯开心的事情，我们却发现自己很难平和地看待那些因点赞、评论亮起来的小红点。

朋友圈的生态，让我们不再关注生活本身。

朋友圈里的社交，让我们做任何事都开始抱有奇怪的期待。

3/

一个处在失恋修复期的大一学妹，曾辗转找到我的公众号，跑到后台跟我说，其实卷腹、平板支撑、瑜伽、跳舞、旅游，对失恋的人是没什么用的，前任随便点个赞，就能让这一切毁于一旦。

她还一本正经地问我："轨姐，一个人给你点赞，给你评论，是不是代表他还喜欢着你？"

我说："他喜欢你就会找你，仅点个赞那叫不要脸。"

又一个单纯的姑娘被无情的真相伤害了。

不是我嘴太毒，你自个儿仔细想想，朋友圈的社交江湖哪个能对应上扎扎实实的现实情义？

帮你转发的人，还不是因为领了你红包而拿人手短。

给你点赞的人，还不是因为点赞那时心情大好。

而真正的人间情义是什么？

真正的人间情义，是银鞍照白马的侠义，是刀光映剑影的仗义，是山盟海誓决不背弃的忠义，是心怀天下兼济苍生的仁义，是恩怨两清就此别过的明义。

朋友圈里雀跃的点赞之交，比得了吗？

雀跃的人，像怪物。

沉闷的人，太孤独。

谁在快乐？

谁能快乐？

4/

博客时代我便看到过马德在《允许自己虚度时光》中写的一段话：

我慢慢明白了我为什么不快乐，

因为我总是期待一个结果。

看一本书期待它让我变深刻，

吃饭游泳期待它让我一斤斤瘦下来，

发一条短信期待它被回复，

对人好期待他回应也好，

写一个故事说一个心情期待被关注被安慰，

参加一个活动期待换来充实丰富的经历。

这些预设的期待如果实现了，

长舒一口气。

如果没实现呢?

自怨自艾。

可是小时候也是同一个我，

用一个下午的时间看蚂蚁搬家，

等石头开花，

小时候不期待结果，

小时候哭笑都不打折。

朋友圈时代，因为我们对任何一个小动作都附加了太多期待，所以我们的感受与表达，都在打折。

这让我们很不快乐。

我们不快乐，是因为打雪仗的时候想着作业，做作业的时候想着奔跑，奔跑时想着发个朋友圈，发朋友圈的时候又想着这样的日子什么时候是个头儿啊。

钱钟书在《写在人生边上》中这样写道:

"洗一个澡，看一朵花，吃一顿饭，假使你觉得快活，并非全因为澡洗得干净，花开得好，或者菜合你口味，主要因为你心上没有挂碍。"

所以，大概只有当心无挂碍，能专注生活本身时候，朋友圈控制你情绪的日子才真正到头了吧。

05
真正好的交情，不需要对谁解释

1/

媒体爆料，金庸的私人葬礼于 2018 年 11 月 12 日举行，他的好友倪匡在接受《明报周刊》采访时，明确表示自己"不会出席葬礼"。

此言一出，便有诸多言论冒出来，直接讽刺倪匡冷漠。

因为在外界看来，这种相交六十多年，被并称"香港四大才子"的交情，怎么也不该冷漠至此吧。

甚至连送最后一程都不肯？

媒体往往擅长用断章取义的方式和不容置喙的语气制造新闻。

而倪匡当时说出口的原话是："看查太需要，如果她不需要我，我就不会去了，几万人争着去。我觉得人都走了，去有什么意思，我不明白为什么要送最后一程，要送埋我去陪他吗？我从来不去丧礼、婚宴和生日酒，一点都不喜欢，非常讨厌热闹，我有自闭症的倾向。"

即便如此，还是有人跳出来指责他，说好友查先生离世后，他貌似一点都不难过。

83 岁的老先生倪匡坦然说："人人都要死，死是必然的事，他九十几岁死怎会难过？ 19 岁死我才该难过！他一生光芒万丈，有什么要难过？我自己都八十几岁人，都就快玩完，朝不保夕。"

我过不了多久都要直接去找你了，还颤颤巍巍地折腾啥送行的排场啊？

突然觉得这种友情真是酷。

就像钱钟书说的：真正的交情，向来素淡。

你们觉得好的交情需要周全、礼到、捧对方的热闹，那你们就去做好了，关我们什么事！

我们之间的交情，不需要对外人演戏，也不需要向任何不相干的人解释。

这些给外人看的事儿，不管我做与不做，都动摇不了我们在彼此心里的分量。

2/

我看过一部特别动人的电影——《窃听风暴》。

1984 年的东德，整个社会笼罩在国家安全局的高压统治之下，一个叫魏斯曼的特工，奉命监听剧作家德莱曼和他的演员女友。

但在监听过程中，魏斯曼渐渐对作家所做的事产生了人性上的肯定。他开始用自己的方式，向上级编写假情报，帮助作家一次次死里逃生。

他这样做造成了上司的极大挫败，也让自己失去了高级情报员的工作。在柏林墙倒后，魏斯曼直接被穿了小鞋——被派去邮局拆信去了，日复一日，机械重复。

而作家重获自由后，很快找到了这位在背后悄悄帮助自己的监听员。

他不但找到了，还专程去魏斯曼工作的地方偷看了他。

他当然知道，这个当年冒着生命危险帮了自己的过命之交，现在过得不好，甚至说是很落魄。

但他感激魏斯曼的方式，不是走上前去，握住他的手说谢谢，也不是想办法用自己的影响力，帮他重新谋得一份更好的工作。

而是直接写了一本叫作《一个好人的奏鸣曲》的书。

当窃听员魏斯曼经过书店发现了作家的新书海报时，他走进去，翻开书的扉页，上面赫然写着：献给"ＨＧＷＸＸ／７"。

没错，是献给他的。

魏斯曼那一瞬间微妙的表情变化，几乎击中了所有人的软肋。

人生如此，也许只需要这么一个瞬间，就可以抹平你这些年心中所有的委屈。

是的，作家虽然没来找过他（偷偷来看他，他不知道），也没人告诉他，他当年以命相搏去帮助一个陌生人是否值得。但这一刻，这本书，让他知道，作家早就知道了他当初默默付出的一切，并用他当初帮助自己的方式，回谢了他。

他帮了他，雁过无痕，不曾求报。

他谢了他，默默无声，不曾打扰。

这，才是真正好的交情。

无论何时何地，他只会用你懂的方式，去表达，去沉默，去尊重，去江湖相忘，去深藏功与名。

3/

我们交往的方式，这些年一直被别人的理解挟持前进。

你在对方门庭若市时悄然离去，会有人跳出来说你肯定是嫉妒；你在对方虎落平阳时施以援手，会有人跳出来说还不是想趁机秀优越感。

似乎，无论怎么做都有不够周全的地方。

其实，好的交情根本不需要对谁解释。

你累了，便提前离场。

我怕生，便不去逢迎。

生气了，就拂袖而去。

放不下，便主动告饶。

有外敌，便异口同声骂一句"我们愿意，关你什么事"。

这才是两个人之间最好的交情。

06
成年人之间的关系有多脆弱？
说错一句话，友情就没了

1/

最近有一个频频来后台找我聊天的高三女孩儿，用一大段一个标点符号都没有的留言，讲了这样一件困扰得她寝食难安的事。

这个女孩儿曾跟自己的同桌（也是女孩儿，叫她小 Y 吧）是三年的铁瓷儿，就是会给对方带早饭，上厕所也要一起上的那种铁瓷儿。

但不知道怎么回事，暑假结束后回来，小 Y 跟班里另外一个女生走得特别近，而且，最重要的是，小 Y 莫名其妙地就这么疏远了她。

"轨姐，你觉得我到底做错了什么呢？现在跟她关系最好的那个女生，明明是她之前最讨厌的女生，我们在一起说了很多那个女生的坏话；我不知道我做错了什么，现在就算我主动喊她去厕所，她总说还不想去。我也试着问她我们是不是出了什么问题？或者我做错了什么，你总要告诉我，让我死个明白吧？不然这样不上不下的，比死了还难受。好羡慕那些走上社会后的友情，大家稳重，有话都说清，可小女生的这些事都要靠猜，真的很烦……"

这女孩儿说了很多，特急切地要我帮她分析是什么原因导致对方突然疏远了自己，并选择与"敌军"做了闺蜜。

我本来可以告诉她，有可能是她用你当初跟她一块儿说的那些坏话纳了投名状了，也可能是那个女生在考试中帮了她，所以她觉得跟那个女生交好更有利于自己……

但我琢磨了一下，回复了她一句："友情这个玩意儿，本来就很难经营。而且，你想错了，成年人的友情比小孩子的友情更脆弱。"

女孩儿回过来一大串不解的问号，问我为什么呀。

我说，小孩子想跟你绝交就不理你了，成年人不想跟你交往了，见面后该打招呼还是会打招呼，但距离感一旦有了就再也不可能消除。

那面对这样一段表面没有绝交，实际上各自早就不待见的交情，该怎么办呀？

你看，这就是成年人的交往模式，膈应吧？

2/

你曾经因为什么原因，突然就失去了交好多年的朋友？

刚毕业那年，一个关系不错的朋友突然跑到北京来找我，当时我刚交完租金，押一付三，身上没什么余钱，便请她去小区对面吃了两锅麻辣涮毛肚，饭后带她去广场那儿看一群热闹的大妈喜气洋洋地东跳西蹦，还特矫情地说，希望老了我们也可以做邻居，成为一起跳广场舞的老太太。

朋友突然冷笑一声："得了吧，我大老远地来找你玩，你就请我吃点涮毛肚，抠抠搜搜的，谁还想跟你做邻居。"

我愣了一下，下意识地觉得，她一定是在开玩笑，所以赶紧笑着说："那你要是没吃饱，过会儿我再请你撸串当消夜吧？"

朋友说："嗐，别浪费了，你有那请吃烤串的钱，不如借给我吧？我打算换手机还差点儿，现在这个手机卡死了。"

一听借钱，空气一下子凝固了似的。

我快速回忆了一下自己卡上那不到 400 块钱的余额，迟疑地说："那我先借你 200 元可以吗？"

朋友突然脸色一冷，说："我开玩笑的。"

这是她对我说过的最后一句走心的话。

她走之前，我去家对面的取款机上取了点钱，帮她买好了回去的火车票，然后跟公司请了假，一路送上地铁，还从味多美买了一盒我平日里都不怎么舍得吃的老婆饼塞到她的背包里。

临别前，明明有说有笑，明明还撞在一起抱了抱。

结果，一句"我开玩笑的"，成了她走后的 8 年来跟我说过的最后一句走心的话。

我开始也是别扭不过劲儿来，反复想是自己哪里做得不好，甚至还后悔没有咬咬牙去同事那借点钱给她换手机。

后来，每当我回首往事，就想沿着时光快走两步，倒回去抽那个为了挽回一段友情不惜委屈自己的小傻子。

如果你认真读了，你一定会注意到我写的那个时间节点"8 年"。

前段时间，她不知道从什么渠道要来了我的微信，兴冲冲地发来"是我，快通过！"

我迟疑了一下，就点了通过。

　　之后，她便兴奋地告诉我，她要带七大姑八大姨，还有刚结完婚准备度蜜月的小姐妹，一起来大理玩，让我尽尽地主之谊，甚至还列出了想吃的网红餐厅和想要去的景点，让我根据需求合理安排。

　　对这 8 年来的不再联系只字不提，甚至连"你问我平安到家没的消息我收到了，但我那天太累了，忘了回"这样的谎都懒得撒。

　　我一个字都没回，拉黑。

　　这便是成年人脆弱的交情。

　　说错一句话，交情就没了。

　　扎下一根刺，说忘就忘了。

　　王菲在《匆匆那年》里唱：如果再见不能红着眼，是否还能红着脸……如果过去还值得眷恋，别太快冰释前嫌。

　　对，如果过去还值得眷恋，就别太快冰释前嫌。

　　如果和好并不能消除当初留下的裂隙，就别着急笑着说出那句好久不见。

3/

　　这一生，我们见识了太多令自己困惑的交情。

　　为什么办公室里一个部门的同事，张口叫你宝贝，闭口喊你哈尼，可一离职，她们就像陌生人一样，哪怕你回去补办个什么手续，也没有人离开位置跟你寒暄一句。

　　为什么那个从小一起玩到大的发小，你每次回家都给她带礼物，可村子里有关你在外厮混的谣言还是从她嘴里传出来了呢？

为什么我们明明关系很好……

不，你想多了，其实你们的关系一直也就那样吧。

人与人之间，没触及利益的时候，只要面子上过得去，都能张口"宝贝"，闭口"抱抱"。

鲁迅说，友谊是两颗心真诚相待，而不是一颗心对另一颗心的敲打。

利益的试探，便是一颗心对另一颗心的敲打。

那些因利益纠缠的交情，最终也会因利益瓦解。

4/

现在那些口口声声说关系特好的朋友都是怎么来的？

打游戏认识的，朋友圈评论区碰上的，大街上扫码扫出来的……

那些能让你快速搭上蜜月的小火车，也能快速地送你结束旅程。

林夕在歌词里说：即使再见面，成熟地表演，不如不见。

余秋雨曾写道：

"不管你今后如何重要，终会有一天从热闹中逃亡，孤舟单骑，只想与高山流水对晤。走得远了，也许会遇到一个人，像樵夫，像路人，出现在你与高山流水中，短短几句话，让你大惊失色，引为莫逆之交。但是，天道容不下如此至善至美，你注定会失去他，同时也就失去了你的大半生命。"

我宁可为这令我大惊失色的人坠入海底，也不愿意跟傻子在天空下玩一种互飙演技的游戏。

07
有一种好友是礼貌性加上的，别当真

1/

曼姐是我见过的最招微信扫一扫的女人。

原因也很肤浅，曼姐肤白貌美腿长，笑起来的声音像被人扯了三里地还没收声儿的大提琴，性格也好，从不问人借钱，也不跟人比包。反正，这种分寸掌握得刚刚好的美人儿，真不多见。

曼姐说，有两次被人扫码加好友的经历，让她十分不悦。

第一次比较刺激。因为工作原因，她在一个满地都是文人和明星的发布会，被一位颇有些名气的男科幻作家主动搭了讪。文人见了美女分外眼红，碰一下杯子都要故意跟跄一步，让自己酒杯里的残酒"不小心"洒进美女的杯子，以表示亲近。

曼姐有洁癖，这口平白入杯的残酒，她可咽不下去，笑嘻嘻地说，自己想换个烈的喝。扔下那杯香槟，转身从团团转的服务员手里抓过一杯白兰地，饮了。

男作家深感妹子豪爽，大有进一步加强了解之意，于是扫了二维码，二人成为微信好友。

曼姐欣喜若狂，回来跟我们截图炫耀，说自己加上了某畅销书作者，以后可以直接与专家在线交流卑鄙与伟大了。

只是，让曼姐大为不解的是男作家平常根本不找她聊天，但只要一到成都（曼姐常住成都），就发微信要"过来看看她"，曼姐一说不在，他就没下文了，下次再来成都，又要过来"看看她"。

这啥情况？

曼姐点了支烟，灯火明灭处，飞蛾扑棱了一下。她瞬间明白了，男作家是在约她呢。

想明白这件事之后，曼姐顿感撮火，合着一开始就把她当成是成都站的定点了，太不尊重人了，这老东西。

更让曼姐大为不解的是，经历了三次约见失败后，老东西主动删她好友了。

所以，直到曼姐发现自己被删，对话框里都是清一色的："在吗？夫你家看看你？"

第二次经历比较憋屈。

曼姐跟失联多年的男神突然相逢，二人站在路灯下，一时不知该从何说起。

曼姐孑然一身多年，屡次遇人不淑，这次与初恋在大街上迎面撞上，她深感这事儿必然没有那么容易就此了结。于是果断掏出手机，决意加上对方微信，以后微信联系。

男神二话不说，积极响应，但从此杳无音讯。

经了这两件事后，曼姐开始对加好友这事儿感到抵触。

"要么别加，加了又不聊天不说话不互动的，跟个死人似的，图什么？"

曼姐气冲丹田，空气中到处都是啪啪作响的耳光。

我略略沉吟，类似的事儿，我近几年倒是也碰上过不少，按照我的脾性，我必须得把一件事想明白了，得出一个逻辑自洽的结论，才能心平气和地翻篇儿。

我当时得出的结论是，有一种好友是出于礼貌加上的，千万别当真。

2/

曼姐的第一次加好友经历，她更像是比较礼貌的那一个。

就像是谈业务的酒场饭局，某位大腹便便的老总执意"放下身段"，主动要加年轻漂亮的小业务员微信，你当然不好意思拒绝，毕竟人家这么大老板。

加完之后，老板自然也不会跟你在微信上谈什么业务。

他偶尔会在某个夜晚打开微信通讯录，在浩瀚星空下对着无数个漂亮妹妹辗转试探，能骗一个是一个。

心思活络有点响动的，就会一拍即合，乘着夜色，两情相悦地搅和在一起。

而不解风情的最终会被这位老板放入没戏分组，然后选个良辰吉日一起删之大吉。

所以，你出于礼貌主动通过的好友，最终也逃不过删与被删的命运。

想明白这事儿，你就没什么不痛快的了。

没让"老东西"得逞，这是你防守成功的勋章。

这种心怀不轨的微信好友，不好意思删就屏蔽之，当他是个死人最好。

3/

而曼姐与男神这一段爱恨纠葛，是人家男神礼貌性加了曼姐。

曼姐这次算是强人所难了。

从男神当时与她当街相逢的表现来看，他八成早就已经有了别的女朋友了。

曼姐非得把人间巧合视作冥冥注定，一厢情愿要跟人家再续前缘，人家男神想的是，通过加你好友的方式赶紧敷衍一下避避风头，省得你缠着人家声东击西不断试探。

有人通过了你的好友请求，是真心愿意跟你建立一些未来可期的联系可能。

有人通过了你的好友请求，是"红点强迫症"犯了，必须点了才能治好他的病。

有人通过了你的好友请求，是出于礼貌，是出于无奈，是想先糊弄过去再说。

所以，千万不要把对方通过你好友请求的消息回执，当成是一种登堂入室的邀请。

好友请求通没通过，跟你俩是不是朋友，完全是两码事。

4/

暑期过后，我把《小欢喜》追完了。

方圆跟童文洁一起偶遇了自己的区长发小季胜利，一番寒暄，童文洁似无意地点了一下方圆，赶紧把微信加上啊。

方圆顺势要加季区长微信的时候，季区长突然接了个电话，方圆举着手机的手，就那么尴尬在那里，僵直地等着。他寻思等人回来的时候再加好友。

结果季区长回来后，说自己有急事，匆忙告别。这加好友的事儿，就这么混过去了。

可能是无意，也可能是有意。

但有一点是确定的，多年没有任何交集的发小突然见面了，一个是北京某副区长，一个是普普通通的上班族，以前就没多深的交情，现在突然这么热情，谁知道你安的哪门子心？谁知道你是不是想找我的门路给办事啊？

交情不到位的时候，人心都是互相防备着的。

但到后边，两家子住进同一个高考小区，孩子都读高三的同一个班。

而方圆也是个有分寸的通透人，即便是在自己遭遇中年失业、四处碰壁找不到合适工作的困难时期，也没向发小季胜利张过口。

有些人情，你不动它，它就一直在，你一旦动了，就没了。

天长地久相处下来，季区长也对方圆的人品与处事方式有了进一步的了解，所以也敢放下戒备，在彼此家里聚会。大人小孩儿一块吃饭、闲聊，感慨人到中年的艰难。

所以，加上微信好友，并不能为我们争取到任何真心朋友。

两个人只有在现实生活中实实在在地过过事儿，见过彼此窘困时的筋骨，品过对方得意时的血肉，我们才能确认对方是不是我们真正的朋友。

至于那种出于礼貌加上的好友，你我都别当真。

08
别人没问你意见，你最好闭嘴

1/

我周末完成了一次心惊肉跳的网友会面活动。

小男孩长得挺帅，清清爽爽像个出道不久的演艺圈人士。

但这不是我说的重点。

重点是，这个男粉丝，明明长了一张阳光射满人间的帅脸，但一说起话来吧，唉，特想让他滚。

简单概括一下他非要大老远跑来找我聊聊的烦心事儿吧。

男生上大二，已经经历了三次换寝室的事了，当然，是他主动要求换的。

换寝室的原因，是他觉得跟这些室友处不来。

第一次换寝室，他觉得主要原因是 A 寝室的室友太傻；第二次换寝室，主要原因是 B 寝室的室友也傻；第三次换寝室，他发现 C 寝室的这帮人不但傻竟然还一起排挤他……

为啥他和全班的男生都同居了一遍后，却没有一个人愿意跟他做一回哥们儿呢？

为了证明他自己没问题，问题一定是出在别人身上，男生给我讲了一个小故事。

B 寝室里的一个长发男生是他的上铺，弹得一手好吉他，课余时间也去吉他店打工赚了不少课时费。平常也是出手阔绰，经常承包一屋兄弟的烟酒糖茶。

有天晚上，这兄弟照例安排了一桌吃喝，把大家叫到一起，说自己想盘下来那个经常去打工的吉他店，课余时间一边教课一边卖吉他。他手头的钱也是够的，如果有愿意入一股的，欢迎大家一起来赚钱。

寝室里条件好点的两个男生应下来入一股，手头紧的男生就摆摆手说没余钱跟着发财啦，然后大家各自洗漱的洗漱，抠脚的就去抠脚了。唯独这个男粉丝，苦口婆心地给吉他男孩分析接手吉他店的风险，一再劝他不要接这个盘。因为他觉得，教课是一回事，经营是另一回事，没有经营经验只是凭一腔热情去投资一个项目，必然赔。

是不是听上去特有道理？

但长发男生提上外套摔摔打打就出去了，回来后再没给过他好脸子。

"这几个寝室里的人跟我闹翻都是因为这种原因吧，自己傻还听不进去正确的意见。这些人根本不识好人心，我业余时间在图书馆读过很多书，我愿意主动劝他们还不是出于好心，为什么所有人都理解不了我的用心呢？"

男生说这些的时候，嘴唇都在颤抖。

我把水往他面前推了推，叹了口气说，谁愿意被别人说自己是傻子啊？

况且，人家问你意见了吗？

别那么好为人师，真没人愿意听你不停地说教啊。

2/

其实这种人，在职场上也格外吃亏。

我之前见过两个部门领导吵起来的桥段，最后的结果也算是给此类人的一点教训了。

当时公司新接手一个内容改版的活儿，甲方老板着急拿这个项目去申请一个扶持项目。

提案的时候，两个部门的领导都去甲方公司了。一部经理超有信心地拿出 AB 两套方案让甲方选择，还没等甲方领导发表意见，二部经理耍小聪明趁机打击了一部方案："我们自己也对这两个方案不太满意。如果你有其他的想法可以直接提，这个案子主要是一部负责，我们二部辅佐的。"

甲方老板听了之后，眉头一皱，一句话没说就离场了。

后来，二部经理被开除了。

当时所有人都特纳闷，一向倚重制衡之道的大老板，怎么就这么果断破坏了平衡呢？

后来听说，当时甲方老板直接给大老板打电话了，特生气地问："我眼看就赶不上最后的项目申请日期了，你们这帮人来到底什么意思？没有方案 C，还跟我说什么方案 A 和方案 B 都是垃圾？这让我怎么选？"

大老板一听就知道咋回事了，手起刀落处理了那个"好为人师"的抖机灵人士。

最后甲方老板选了方案 A。

为什么会这样？

难道方案 A 真有过人之处？

不不不，是因为你并不清楚，不同的人做同一件事情的预期，本就不同。

有人就是觉得，一个方案，只要能做到 60 分，10 万块钱内能解决，10 号前能定稿，就是好方案，而你偏要自以为是地絮叨，哎呀，这 60 分的方案经不起推敲，不如 100 万的方案水平高、数据充分……

有人觉得，跳舞就是图锻炼身体，你非要上去嘚啵人家的姿势不够标准，腿没抬到位。

人家能乐意听吗？人家只会觉得你这种人就是吃饱了撑的。

如果你不了解别人做一件事的预期与条件，就别着急给出一些站着说话不腰疼的建议。

就像《了不起的盖茨比》里说过的那段话：

"我年纪还轻，阅历不深的时候，我父亲教导过我一句话，我至今念念不忘。'每逢你想要批评任何人的时候，'他对我说，'你就记住，这个世界上所有的人，并不是个个都有过你拥有的那些优越条件。'"

我想说的是，同样，**每逢你想好为人师的时候，你也该记住，这个世界上并不是每个人都跟你拥有同样的目标。**

3/

以前我进入了一个妈妈群，经常听新妈妈吐槽婆婆各种越界的行为。

一会儿婆婆不允许孩子穿尿不湿了，一会儿婆婆又要喂四个月大的孩子吃辅食了，一会儿婆婆要你往乳头上抹辣椒、榴梿给孩子断奶了……总之，各种上一辈的过来人经验整天在你面前喷，不跟你商量就要求你按照她们的经验执行。

她们的理由也是如此，"我跟你说这些，还不是为了你好"。

迂回一点的媳妇儿不接受这些老掉牙的观念，会耐着性子跟婆婆讲道理，讲到最后却把婆婆给讲不乐意了。

为什么？

好为人师者，往往顽固。

她们看不得别人逐渐消失的笑容，察觉不到别人微微皱起的眉头，听不到别人故意岔开的话题，体会不到别人希望她住嘴的苦心。

她们就是得了一种必须要制服你、必须要做你主的神经病。

对付这些人啊，别讲道理，也不用撕破脸。

就"嗯嗯嗯，对对对，好好好，是是是，你牛你牛"，打完哈哈，你该怎么做就怎么做，全按自己的意愿来，爱谁谁。

4/

好为人师的臭毛病，真的是挺惹人厌的。

如果人家主动向你请教，你说了让人不痛快的话，那是另一码事。如果人家没问你啥，你非要凑上去发表一番言论，非要找一切时机证明自己学识过人、论断高明，你真当别人是傻子，看不出来你在委婉地嘚瑟吗？

别说什么你为了这个好，你为了那个好。

不顾别人需要，不顾别人感受，随时随地跳出来指手画脚，说好听了是教导别人，说不好听了您这是跑到别人地盘儿耀武扬威来了。

人家跑步就想出出汗，你非说人家步频太低，须调到每分钟 180 步频才最经济；人家就是饭桌上提了一嘴"最近要做个酒店"来应付"最近忙啥"的提问，结果你在旁边喋喋不休地规劝人家不要轻易开酒店，非要追着问人家投资规模、合伙人、选址。

你觉得自己是救世主，别人眼里你就是二百五。

打住吧，想要请教的自然会主动问，不想听的你说多了人家也会反感。

大家愿意去请教的，都是自己信任、认可的人。

至于你，别人没问你意见的时候，奉劝你最好还是把嘴闭上。

09
我不孤单，孤单只是情绪泛滥

1/

我最近在看《小欢喜》，一口气看到了三十多集。

在这期间，我一直在反复思考一个问题：为什么这里边的人都有一个如此可靠又近在眼前的好朋友？

我说的朋友，是真的朋友。

就是童文洁说的那种可以走一辈子的朋友，那种一旦闹了别扭总忍不住借着酒劲儿跟你和好的朋友，那种无师自通地能跟你讨厌的人划清界限，还把这事儿看得比贞洁都重要的朋友。

就是方圆所享受的那种每周一聚类型的朋友，每周都能被"买单王"约出来一天，吃吃日料，喝喝小酒，倒倒苦水，掌握一下彼此的核心机密，再互相假模假式地表个态，然后一转身就能拉对方下水，趁乱搅浑，最好谁也别想从这里边摘干净。

童文洁式的闺蜜交情，贵在相互扶持。

方圆式的哥们儿情义，好在荣辱与共。

我觉得，人能有这两种之中的任何一种朋友，都挺好。

而我，一样也没有。

大约在四年前，我就发现了这件让我毛骨悚然的真相——我几乎没有朋友。

2/

当我发出这样的言论时，一个认识我多年的妹子当即提出了质疑。

她认为我说出这种话来，完全不可信。

因为她曾经在失去结婚欲望的某个深夜，拖着一个行李箱一脚踢开了我家的大门，发誓要在我这里"汲取日月精华"，什么时候恢复了状态什么时候再雄赳赳气昂昂地离开。

在这期间，她就见识了我移居大理之后的新生活。

一个姐姐出差前，会包好饺子送到我家厨房的中岛上；一个阿姨在收到大闸蟹的当天，直接挑出来三只母的挂到了我家花园里的桂花树上；一对夫妻去日本旅游，带回来了热乎又高端的伴手礼，三里地以外就闻到了那股诡异又真诚的香。

"你能说出这样的话，肯定是被四面八方的照应冲昏了头脑，换句话说，就是膨胀；再换句话说，那就是矫情；再换句话说，就是没良心。"她说。

表面上来看，她说得不是有几分道理，而是简直不能更对。

但这些人，真的不是可以随意打扰的朋友。

换句话说，他们都是善良的好人。

但我不能在某个月黑风高夜一脚踢开他们的大门，不能像二流子似的进门就要吃要喝，也不能鼻涕眼泪抹人一身，然后指望对方毫不犹豫地站到我这边来跟我一起痛斥某个他压根儿都不认识的人。

更不能在看到《窃听风暴》这部电影的结尾时一瞬间泪如泉涌，就马上找到一个确切的人，颤抖着双手跟他解释，我为什么会被用文字代替相见的告别方式所打动。

他们不能被打扰，而我也觉得太辛苦。

我身边有很多好人，他们用自己良好的教养尽可能善待像我这样的人。但这种友善，并不能给你带来朋友。

因为对很多人来说，包括我，友善待人是习惯，泛泛之交更舒服。

所以，我活该没朋友。

3/

有个好心的宝妈看我实在是太没活力了，所以热情地邀请我参加一个聚会。

这是一个神奇的聚会，每个宝妈带 1~2 个小朋友出席，也有能者多劳的奶奶一人带了 3 个小朋友。然后大人把小朋友们集中到一块儿玩玩具，妈妈们围坐一圈吃甜品、聊八卦。

我坐在那里，直起身子，竖起耳朵奋力地听，不时地随着笑声哈哈两声，但一会儿注意力就会被一些激烈的场面吸引。

俩小朋友因为争夺钥匙扣而互挠了起来；小朋友因为爬楼梯爬太慢被大一点的小朋友一脚踢翻；3 个小朋友相约坐在地上拉便便，两个孩子穿尿不湿的兜住了便便，一个穿开裆裤的情况有些不一样，他在地板上玩起了便便，这时候从厨房传来了一位妈妈凄厉的尖叫声……

我惊讶极了。

坐在那里寝食难安，几乎要夺门而出。

不是因为便便臭，真的，毕竟这种场面我也没少见。

只是因为，我坐在那里，突然感觉自己像是被谁封在一个狭小而椭圆的真空里，目睹这一幕幕热闹的场景发生、交互、起伏、恢复。终结即开始，开始又像是终结。

我明明已经时时颔首，奋力微笑，不时插话，以求让自己显得很随和，能融入。

但还是觉得很困难。

一个女性朋友曾不留情面地提醒过我，她说我是一个随时会离场的人，这样会显得很不好相处。

小朋友吃饱了才会马上离开座位，大人都是要留在座位上保持交流的，别人不挑头儿说走，你就不好张这个嘴。

所以，总有人接电话的时候，面对电话那头急切的催促面露难色：不是我不想走，是我走不开。

对，我觉得走错场子的时候，好像就是这种感觉。

想走，走不开。

这个最难受。

知乎上一个高赞答主说过一段话："孤独就是当所有人都在一个假意有趣的过程里享受时，你已经提前看到了那个无趣的结尾。"

他真是个天才。

忍受孤独比忍受不自在要容易得多。

所以，我活该没朋友。

4/

就像听一场音乐会，我无法忍受自己是因为"中途不准离场"的提示牌留下来，而是希望，我是因为喜欢留下来。

有段时间，我喜欢去听现场演唱会，门口昏暗，灯光诡异，每个人都默默买一张票，挤到一群不认识的人中间去，手里举着一瓶酒，左晃右摆，偶尔流泪，突然感觉索然无味，神经质一样又挤出来。重新走在大街上，拽拽衣角，嘿，又是一个特正常的"五好"良民。

而舞台上的唾沫星子还在空气中飞，下边还是有人不时地挥舞着酒瓶子蹦跶两下后又挤了出去。

大街上是谁在唱林宥嘉的《我总是一个人在练习一个人》，我不孤单，孤单只是情绪泛滥。

有时候，孤独击中你就只是某个瞬间的事儿。别太绝望，它持续不了多久，情绪上头跟喝酒上头是同一回事。

孤单也好，孤独也罢，终归都是自己的选择，这跟有没有朋友是两码事。

中年人的世界，只有不再想方设法去避免孤独，才能忠于孤独，了解孤独。

就像马尔克斯在《百年孤独》里说的，过去都是假的，回忆是一条没有归途的路，以往的一切春天无法复原，即使最狂乱且坚韧的爱情，归根结底也不过是一种瞬息即逝的现实，唯有孤独永恒。

是的，唯有孤独永恒。

总有一次忍住不哭
让我们瞬间长大

Part 4

职场上最能替你说话的，
就是一份好的成绩表

人都会经历这样的阶段
——从一开始以为这个世界上只有自己，
到明白自己的天赋其实只够自己做一个不错的普通人，
然后人就长大了。
这些年，我们一直在努力做一个还不错的普通人。
希望那个曾经气势如虹的"屠龙少年"，没让你失望。

01
太多人问我们挣多少，
却没人关心我们过得好不好

1/

刚到北京的时候，燕子住在北七家。

她上班的方式是公交——地铁——公交，每天路上单程用时 2 小时。为了能多睡会儿，她几乎天天吃不上早饭，每次熬不到中午就饿到心慌气短，无心上班，只好跑去饮水机那儿接水喝，企图顶饿，一杯又一杯。

后来为了能吃上早餐，少赶一趟公交，她就搬到天通苑跟我合住，三室一厅的房子 8 家合住。

那个时候租六环的主卧只需要 1150 块，她要住的次卧有一半墙是打的隔断，800 块一个月。可她试用期工资才 2000 块，押一付三不太够，于是她小心翼翼地去找她经理借钱。

经理问她借多少，她说 2000 块，下个月转正发工资马上还。

经理借给了她。

快过年的时候，她转正了，看了看工资条，涨了 500 块，高兴得要死，正要往外走给家里打电话报喜，经理从外边进来黑着一张脸。不知道有张表格出了什么纰漏，三个人审核也没审出毛病来，于是经理被提审到副总办公室，挨了批。

经理叫住她，劈头盖脸地骂，跟骂孙子似的，当着一屋人的面。

她跑到厕所里偷着哭了一场，哭完没忘记擦干眼泪给家里打电话说自己涨工资了，带着喜悦。

开了这个头，经理觉得她最乖巧听话，以后有什么不顺，就来骂她解气，不管当着多少人的面儿。直到她在另一个部门干到了经理级，也没有改变自己的处境。

我问她："都平级了，你还怕他不成？"

她说："不是怕，毕竟人家在我最难的时候帮过我。"

那些后来看上去挺无所谓的人，你根本搞不清楚，她到底是因为想不通，还是因为想通了。

2/

这个故事是一个叫大川的姑娘讲给我的。

麦当劳有段时间搞了一阵甜筒促销的活动，第二个半价。

那天中午大川出来用微波炉热饭，同事让她给带一份麦当劳套餐，麦当劳门口排了很长很长的队。

好不容易快到大川了，一个一直排在队伍一旁带小孩的大姐，突然凑上前去不知道跟前边排队的人说了什么，然后讪讪地退了下来。

随后大川听到了前边这对母女的对话。

"店里的阿姨说特价活动已经结束了，妈妈跟在这个姐姐后边半价买不到了，我们不吃这个可以吗？"妈妈一脸的局促。

孩子望着妈妈，犹豫半晌，之后像是下了很大决心一般，咬出了那个"好"字。

妈妈拉着她，赶紧又让到队伍的一边，偷偷抹抹脸上的泪。

小女孩儿奶声奶气地摸摸妈妈的脸："妈妈，不吃没事儿。"

大川点餐时让服务员加了一个甜筒，快步追出去的时候，却没能找到这对母女。

大川在微波炉旁站了一会儿，左右环顾确定没有人后，蹲着大哭了一场。

大川说，那个小女孩儿看上去也就三四岁，懂事的样子好像小时候的自己啊。

现在的一些姑娘，有许多被人称赞的品质：隐忍、沉默、随和。成人会把这些叫作懂事。

而一个人太懂事，一定是因为她曾面对过很长一段求而不得的时光。

3/

公司空调坏了，我买了一个小风扇在办公桌上吹啊吹，连着三天加班到半夜 12 点多，晚饭是一盘饺子。

晚上从公司出来打了个车，走到半道我觉得不对，赶紧让师傅停下来。

我夺门而出，蹲在马路牙子旁狂吐，感觉胆汁都吐干净了。吐完站在风中左右张望，怕被人看到嫌弃。

好心的师傅下车来搀我，让我赶紧上车。

我说："我看看附近有没有清洁阿姨，我想给她道个歉，顺便用她的工具帮着清理一下这些脏东西。"

司机师傅跟我急了："姑娘，你脸都发白了，还不去医院看看，大半夜的在这儿等着跟谁道歉哪！"

第二天在挂水，上司打电话催我回去做 PPT。我说我在输液呢，他迟疑了一下说："那我找人给你送笔记本电脑过去。"

我就是用这台笔记本电脑，在医院一边输液，一边写的辞职报告。

《无量寿经》里说：人于浮世，独来独往，独生独死，苦乐自当，无有代者。

奋斗的路上，其实我们每个人都在独行，悲欢不通，天地为炉。

4/

她在公司挺招人烦的，见单子就抢，"吃相难看"，每次都第一个给上司点赞，极尽谄媚，很爱表现。

都说分手见人品，听说她因为分手，就去前男友公司指着人家鼻子像泼妇一样大骂了一上午。

有天晚上聚餐。大家互使眼色，心照不宣地灌她酒，想治治她。

她也不推辞，一一接过，一仰而尽，笑着说："我知道你们都看不惯我，昨天我前男友结婚，我换乘了三次地铁，叫了一个小三轮骑到他家楼下，站着不走，我猜六楼就是他的家，因为六楼窗户上今天贴上了大红喜字。"

"你们谈了那么久恋爱，他没带你回过家啊？"有人问。

"没有啊，他妈妈嫌我是外地女孩儿，他不敢往家带。我想，那我多挣点钱在这儿买了房留下来，我就是本地人了吧，可没等我挣够钱，他就娶了别人。"

"那你还去他家楼下找什么刺激啊？"沉默后，有人叹。

"我当然得看看了，他的婚房，有一半是我挣的。"她红了眼。

原来，刀子不插在自己身上，人人都想着劝你一团和气。

5/

一个民营企业家，白手起家做到今天。

给我讲过一个让他伤心很久的事儿。

公司刚起步的时候，有个员工的母亲出了车祸，员工想要辞职回家照顾。

他打听了一下员工母亲每天在医院的花销，又得知员工还背着一套两居室住房的按揭。

于是他劝这个员工先别忙着辞职，有份工作至少有份收入来源。医院他该去去，工资照发，与此同时，他替员工交房贷，从国外托人买进口的药。后来，员工的母亲还是走了，员工也离开了公司。

他不知道原因，而且走了之后再不联系他。

直到过年的时候，他收到了员工的一条拜年消息，他欣喜而认真地编辑了很长的回复，鼓励他新的一年好好开始。如果需要任何帮助，还是可以找他。

结果，他没有收到回复，哪怕简单的两个字"谢谢"。

这时他才知道，他收到的，只是一条群发消息。

他说，也不是因为做了什么在渴求回报，只是觉得心里特不温暖。

他后来也帮了很多人，但如今说得最多的三个字就是：没意思。

当我们混出来，挣了足够的钱，就会有越来越多的人把我们的付出看作理所当然。

6/

每一年年末，我都想，这一年跟以往的每一年有什么不同？

还是有太多人，只是急切地问我们挣多少钱；却没几个人愿意关心我们这一年过得好不好。

没人关心，万家灯火，到底有几个是在等我。

没人关心，我的短信箱里只剩下验证码。

没人关心，我想家到底是在想什么。

没人关心，如果不是为了钱，没人愿意远走他乡。

笛安说，人都会经历这样的阶段——从一开始以为这个世界上只有自己，到明白自己的天赋其实只够自己做一个不错的普通人，然后人就长大了。

这些年，我们一直在努力做一个还不错的普通人。

希望那个曾经气势如虹的"屠龙少年"，没让你失望。

02
屹立不倒的目标，
要靠内心的渴望去实现

1/

讲一个令人热血沸腾的暴富故事。

大理房价两年前还不像今天这么高的时候，很多人并不看好这里的房地产走势，一堆挺俊的现房和均价不到一万块的期房无人问津。

偏偏有个大哥，莫名其妙地号召我们几个人，说如果一起团购某小区联排小别墅的话，一人买一套，整个拿下，这样可以要到一个超低的折扣，即便倒把手转出去，也能小赚一笔。

那天他自掏腰包请大家喝茶，苦口婆心地讲了一个下午，满脸潮红地给我们讲他 PPT 里的数据。

总之，他给出的结论是，不出一年，大理的房价必然会翻番。

满座唏嘘，没人相信。

原因很简单。

你要真像自己说得那么厉害，能准确预知房产走势的话，为什么至今还在吃糠咽菜，连件像样的衣服都没有啊？

穷人没有说服力，这个世界看待你的方式就是这么现实。

所以，那天散了之后，表面上大家都客客气气说什么考虑考虑，实际上没有一个人愿意参与这次团购。

老哥失神地站在那儿，手中的茶早就凉透了，喃喃地说了句："既然这样，那我一个人团购吧，等发了财就周游世界去。"

当时以为，这简直就是个笑话。

你如果一个人的财力本身就够团购一个组团的房子，还用在这里费劲地"煽动"人民群众？

痴人说梦。

而就在上周的一个活动上，我听说了这位老大哥的近况。

他坐拥千万资产，天天摇着一把破蒲扇在一个村子里种莴笋、养土狗。抬头一看天气还成，买一张机票就周游世界去了。

显然，他当初那可笑的目标是实现了。

据说，那个小区当时房子滞销，定金下调到一栋房子只收10万元，这老哥打听到这块地皮暂时有几个证没有批下来，所以推断短期内房地产公司不会收尾款。于是他盘点了自己当时的全部家当，东拼西凑后，一次定购了8套，之后租了一个地下室，每天就是馒头咸菜白开水，怎么听都不像现代人过的日子。

可人家硬是这样苦熬了一年。

结果大理的房地产真就疯了般地起来了，从最初的不到一万元一平方米，到后来的两万多元一平方米，偏是这个时候买房的人反而多了起来。

大家都怕再这么涨下去就不好下手了。

于是老哥就拿着只付过定金的房子开始四处转手，顺利将尾款负担转嫁出去，空手套了几百万的收入。

听得我们目瞪口呆。

真给力啊。

这几乎是本年度内我听过的最励志、最热血的故事了。

能够瞅准时机投机一把的聪明人，不在少数。

但能像这位老哥似的，为了实现自己的目标，可以果断出让生活品质，一个时期忍受苦行僧日子的人，屈指可数。

2/

但是，能像苦行僧一样吃苦，就一定能达成所愿吗？

当然不。

而且，多数人根本吃不住苦行僧式的苦头。

别人可以付出大代价换来好收成，那是因为他了解自己成事的方式和节奏。

换成你，刚定下目标决定不吃晚饭节食减肥，不出两天一看到路边有人在那炸鸡排、小肉串，你立马就觉得委屈，还要质疑自己当初定下目标的意义。

晚上回到家看了一篇"人生得意须尽欢"的心灵鸡汤，理直气壮地冲到冰箱前结束了这短暂的雄心壮志，顺道认了自己肥胖一辈子的烂命。

跟人提起这件事儿来的时候，你还能厚着脸皮较真儿："我也很渴望瘦啊，可是我没有动力有什么办法？"

没什么办法。

就像是不听课、不复习还想考试拿第一一样，你想得可美。

3/

高考前一天，有学生留言说，马上就进考场了，自己 Excel 里一堆目标都还没实现，心里没底，特别害怕，手都发抖。

其实 Excel 里的每一项，都可以算作你立下的一个个小目标。

就像是每年年初，每个人都会暗暗给自己列下一长串清单那样，要学英语，要看完 20 本书，要攒下 10 万块钱，要减掉 20 斤肥肉，要带爸妈去巴厘岛玩一趟……

结果呢？

多数时候其实也做不完。

但做不完，不代表失败。

我们之所以要保有美好的愿望，是为了让自己一直在路上。

只有这样，我们才不慌；只有这样，我们才不再质疑内心的渴望。

4/

有一个移居大理的阿姨，跟我妈一个年纪。

前不久去采访她时，她拿出几年前的照片给我看，我完全认不出来。

若干年前，她就是隔壁村的胖阿姨，身材走样，衣着朴素，笑容里透着岁月不饶人的慈祥与沧桑。

这个阿姨现在六十岁出头，每天都在练空中瑜伽，两条麻花辫肩头一放，从后背看上去，完全就是一个妙龄少女。

而我们身边多数女人，四五十岁就过上了每天搓麻将、东家长西家短的日子，每天浑浑噩噩，张口闭口全是抱怨。

阿姨说，她身边很多同龄人就是这样，自己浑浑噩噩，还要劝她都六十几岁的人了，差不多得了。

"笑话，我六十几岁了就该躺在床上混吃等死啊？我比谁都明白，到底什么能让我快乐。"

你看，阿姨说得多明白。

一件事儿到最后能不能成，终究还是要取决于，你有没有想明白自己内心深处最真实的渴望。

想不明白，就只能一次次泄气，一次次偃旗息鼓，一次次陷入一团糟的迷茫里。

这时候你再去四处求助，谁也救不了你。

因为，每一次泄气都会损耗你赢的概率。

每一次半途而废都会降低你的耐受力。

只有当你确定自己正在做的就是自己内心想要的时候，你的践行之路才不会那么苦，你的目标才不那么容易迷失。

所以，定下目标之前，你需要审视内心真实的渴望。

只要大方向没偏，你就可以放马去驰骋四方。

03
别人没义务一定要回你消息啊！

1/

前几天，有篇小爆文，中心意思就是说，回复消息是最基本的教养。

然后有个粉丝就发给我看，说她非常认同这一观点。说收到消息不知道回复的人，都是自大狂、没教养，反正就是自私。

我问她："是不是喜欢的人没回你消息啊？"

隔着屏幕能感受到她心头一颤："嗯嗯，我是喜欢他，但我也不欠他的，消息不回还去发朋友圈，这种人最恶心了，以为自己有什么了不起吗，最基本的教养都没有……"

我实在是听不下去了，忍不住打断她："恕我直言，姑娘，你好像是恼羞成怒啊，再说了，别人有什么义务非要回你消息吗？"

没错，我就是姑娘口中说的那种"自私"的人。

我经常会选择性地不回人消息。

但也麻烦你别用什么冠冕堂皇的教养标尺，变相绑架让我对你有求必应。

2/

一位做人事工作的大姐，给我讲过这样一个遭遇。

年初公司招聘销售人员，因为公司薪酬福利都很优越，所以前来面试的人特别多。

但招收名额只有 20 个，当时面临的问题，就是从近 200 个面试者里选 20 个。

每个人面试结束，面试官都会很礼貌地说一句："谢谢您，回去等消息吧。"

套路很熟悉吧？

其实这种结束语也不一定没戏，有些公司的录用与否确实不是一个人说了算的，需要大家开会讨论然后评估出结果。

但有一样大家都是默认的，那就是，你若被录用了，一定会接到录用通知电话，如果你被淘汰了，那就不会收到电话了，对吧？

但就是有一种反常的人，不吃这一套，她把持之以恒地打电话，叫作销售特质的展示，也有可能是营销策略的书看多了吧。总之就有一个姓潘的姑娘，从面试结束的第二天，一直打电话到出结果，每天一个电话打给人事主管追问自己被录取了没有。

一开始，大姐很有耐心地告诉她，结果还没出来呢，到后来，她疯狂到了下班时间也要补几个电话关心一下结果，这让人事大姐严重后悔把自己的手机号留给了面试者。后来人事大姐一看到她的号码打过来就头皮发麻，索性不接。

因为接了，也是"结果还没出来"这一套。

后来，姑娘直接打了公司的售后投诉电话，要投诉这个大姐怠慢她，还使用了"玩忽职守"一词。

大姐活到 40 多岁，本以为什么场面都见识过了，但还是被这么一个刚毕业的小姑娘给气哭了。

她说，很庆幸公司最后出的录用名单里没有她，不然难以想象如何跟这种人打交道。

所以，你看出什么来了吗？

没错，有些人，跟别人打交道会给人制造压迫感啊。

3/

一看到你的消息，头大；一看到你的未接电话，膈应。

这种情况下，人家惹不起你还不兴让人躲得远远的？

不想搭理你就是没教养？发朋友圈不回你消息就是自私？没有一次次地礼貌接起你的电话不厌其烦地给你答疑解惑就是自大狂？

你选择主动发起求助，发起咨询，发起对话，同时就选择了承担被人拒绝、被人冷漠、被人忽视的风险。

本质上来说，这是一种自我选择。

别人有什么义务非得配合你演出？全世界有什么义务必须围着你转啊？

再说了，你主动发起对话十有八九不都是有求于人吗？

我把你当朋友，你竟然把我当母亲？

每个人心里，在回复别人消息的问题上，都有一杆秤。

你是我重要的人，即便我当下没回你，过后闲下来也会回过去关心一个究竟；你跟我萍水相逢，一共没说过两回话，竟然让我帮你改作文、写商业计划书，还必须秒回？

我不想骂人怕伤着您自尊心，就只能选择沉默；我觉得这很善良啊，有问题吗？

4/

一开始，谁没试过去做一个面面俱到的老好人啊？

怕这个生气，怕那个不高兴，怕被人说没礼貌，怕给人留下不好的印象。

于是，不管是熟悉的、不熟悉的，喜欢的、不喜欢的，都努力要求自己礼貌地回应，对每个人说"你好"，对每一次不情愿说"没关系"，对每一条骚扰到自己的消息都要放下手头的活儿去耐心回复。

结果呢？

大家就默认你是一个可以随时被打扰的人了。

年少时我们经历了太多身不由己的寒暄。

觉得笑话不好笑，还是假装捧腹大笑给领导面儿；觉得室友对自己不友好，还是要每天帮她带饭希望她能喜欢我们多一点；觉得亲戚的语气很刻薄，但还是要端起酒杯笑眯眯给他敬酒。

到最后，终于过上了不再依赖任何人、自己挣钱养活自己的日子了，竟然连是否回复自己手机里的信息都说了不算了？

这我不能依啊。

现在的人际关系与社交关系多累人啊，我为什么一定要挖空心思去跟一个自己不那么在乎的人反复寒暄啊？

我就想这么一个人待着，消息不回，手机不碰，这样我觉得舒服一些，行不?

　　消息发出去就是发出去了，回不回那是对方的事儿啊。

　　你讨厌不回消息的人，那就拉黑他，远离他就是了。下不了狠心还要破口大骂，不是恼羞成怒是什么呀?

　　对方不回复你消息，有很多可能：没想好怎么回，怕自己忍不住骂你，懒得跟你说一些没有意义的谦辞，不想跟没感觉的人浪费自己的时间，懒得解释，你对他来说不重要……

　　凡此种种，都只是每个人在某种状态下的自我保护机制。

　　你说这叫"自私"，也没有什么问题。

　　但话又说回来。

　　你想要得到对方回应你消息的尊重很正常，但也应该尊重一下对方不做回应的权利。

　　别人没义务一定要按照你的意愿和规则行事，当然就没义务一定要回你消息啊。

　　如果你觉得这样很残忍，我只能说抱歉啊，别难为我，我也很可怜的。

04
最好的工作方式，
便是不吃任何无意义的苦

1/

一个前同事离职后，跳槽去了一个人人艳羡的公司，一跃从主管级变成了总监级，薪水也按年薪领了。

她觉得不能愧对公司的重用，所以每天都陪着部门下属加班，自己掏腰包给同事买咖啡提神。

用她自己的话来说，当时差点以为这公司就是她自己的了。

直到从小把她带大的姥姥突然心脏病发作去世。

她肿着眼睛去老板办公室请假，老板看着她，抽给她一张纸巾，欲言又止，最后像是下了很大决心似的，批了她3天假回老家奔丧。

3天过后，她打电话回公司，说需要再续一天的假，因为当地风俗，老人晚下葬了一天，再加上往返在路上就消耗掉了两天，所以只能晚回去一天……

没等她说完，老板那头声音都变了："你知不知道法律规定直系亲属最多才能批3天的假，严格说，你姥姥都不算你的直系亲属。但念在你对公司有贡献的份儿上，我还是给你批了3天假，公司都忙成什么样了？你还敢问我再要一天假？没你在丧事一样有人办，你赶紧回来。"

那一刻，她脑子里"嗡"的一声，随着电话的挂断陷入一片空白。

用了好长时间，她才回过神儿来。

回去后，她也没有辞职，而是跟公司一本正经地算计了起来。

加班要填加班费统计单，给同事买咖啡要填报销单，该休的年假出国旅游一次性休完。

她说，她一点都不怪老板无情，因为老板就是要对整个公司的运转负责。但就是从那件事开始，她明白了人和工作之间的关系。

跟工作最好的相处方式，便是不吃任何无意义的苦。

2/

刚毕业时，我跟着一个报社老师实习。

这个带我的老师，在报社里资历最老，却是混得最差的。

一开始我认定是报社大领导一碗水没端平，虽然别的我不会看，但谁每天第一个到公司打开电脑，谁每天最后一个检查电源锁门离开，我都能看得见。

当时我就不明白了，这样勤勤恳恳、吃苦耐劳的"五好"员工，公司领导却不珍惜，脑子里是进糨糊了吗？

但不到一个月，我就发现了问题所在。

这个老师在任何场合，只要一开口，就带着一股子怨气。

比方说，每次评报，别人都会因为这篇标题拟得好、那篇内容有创意才建议把某篇稿子评成 A 类稿件，这个老师则一腔正义地狂批取巧类稿件，强推那些花了时间、出了大力气的稿子，但最后做结论的主编，总是一点情面都不给他留，做出来的评报结果，永远跟他的建议完全相反。他便会把脸色一拉，搬起凳子一声不吭地走了。

就连外出采访一块儿吃排骨米饭，他都能吐槽吐到被饭粒呛得狂咳嗽。

不出半年，老师直接被边缘化到混不下去，辞职买了辆二手车跑黑活儿去了。

正当我心灰意冷地以为自己也要收拾铺盖卷走人时，大领导直接把我叫过去，问我想不想留下。

我当时脑子里一下七荤八素，想了一百种语气和一百种回答方法，但刚开口说了个"想倒是想，但某老师这么能吃苦耐劳的人都混不下去……"即被大领导直接打断："报社不需要任何人吃那么多苦，把该干的活干漂亮了就行。带你的老师留不下，只有一个原因，业绩差！"

这时我才意识到，贴在门口的分数统计表上，这个老师业绩已经连续 3 个月垫了底。

所以，当你被公司抛弃、被领导无视时，往往没有那么多让你寝食难安的复杂理由。

职场上最能替你说话的，就是一份好的成绩表。

那些加班熬夜的苦，那些跟同事周旋的苦，那些被上层误会的苦，若是没有转化成你的业绩，那对公司来说便一文不值。

3/

一个创业的哥们儿跟我说，公司刚开始组建团队的时候，他招人的标准是以公司为家，再直白点说，他希望招来的人能有老板思维。

所以，第一批人到位的时候，一群老爷们儿吃穿住全在一起，看上去还真是其乐融融。

但 Pre-A 轮融资失败后，整个公司激情开始消退。一周后，有人率先委婉提出了辞职。

由于大家一开始谈的待遇比较模糊，期权、绩效搞得说不清道不明，散伙走人的时候，员工跟他大闹一场。说他就是个画大饼的骗子，人心惶惶的时候，似乎没人关心谁是谁非。

大家想得更多的是，一定要早点离开这个是非之地。

那是他创业路上经历的第一次重大挫折，一夜间，仅剩下他孤家寡人一个。

一个失眠夜，一地的烟头，让他想明白一个问题。

他需要的应该是责权利划分清晰的职业经理人，而不是一群明明没什么血缘关系非要跟你亲如一家的"伪军"。

如今，他的公司已经在准备 C 轮的融资，光员工已经有上百人。

他说，以前上班的时候，总是一厢情愿地以为，老板都喜欢那些为公司奉献一切的人。当了老板才知道，自己只希望公司跟员工的关系越简单越好，这样即便是公司破产了，大家也不至于反目成仇。

4/

电影《穿普拉达的女王》中，对时尚一窍不通的安迪偶然得到令时尚界人士艳羡的工作机会，进入世界顶级的时尚杂志，成为业内呼风唤雨的女主编米兰达的助手。

然后，她真正见识到了"女魔头"米兰达虐起人来到底有多疯狂，她像上了发条一样，快节奏地玩命做着一切，但依然没有达到米兰达的预期。

当她满腹委屈向主管人事的同事抱怨吐槽时，同事给她的建议是，那就离职。

没错，要么你努力达标，要么就离职。

但千万不要抱怨。

就像影片中提到的，公司需要的，"永远是能在这儿生存的人"。

职场最残酷也是最公平的一点便是，"我对你无能的细节不感兴趣"。

很多人把持不好跟公司之间相处的度，怕过于冷静，会被老板误会有二心；又怕过于付出，会被辜负。

其实，权衡是最劳心伤神的事儿。

最好的办法，就是不要试图成为一个面面俱到、八面玲珑的人，也不要自以为是地去吃一些没有意义的苦。

你只需要用自己的专业，交出一份漂亮的成绩表，别人就会主动说服自己原谅你不擅长的方面。

05
生活就是打击的循环，
崩溃一下真不代表你完了

1/

上周朋友派他公司的一个女员工千里迢迢跑来给我送了一堆零食，这令我十分诧异。

果然，这姑娘送完后没走，直接一屁股瘫在我家沙发上，还主动问我要茶喝。见我行动有些迟缓，直接打开天窗说亮话："轨姐，我想辞职，老板让我来跟你谈谈心。"

什么？你员工要辞职派给我做心理建设？所以你这是打算用一箱小零食收买我是吗？

姑娘瞟了我一眼，说："轨姐，你别怕，我不会难为你，我也是从我老板朋友圈关注到你的，算是你的铁粉儿，很多年的那种，这次来就是想跟你聊聊天儿，仅限于聊聊天，见见您本人。我回去该辞职辞职，您别有压力。"

我点点头，把茶泡上，说："没事儿，姑娘你说吧，想说啥就说啥，我八成也帮不上你什么忙，顶多就是听听故事。"

"轨姐，前几天杭州小伙子当街摔手机崩溃大哭的视频你看到了吧？"

我点头。

"其实我挺羡慕他的，我在王总（我朋友）公司里是老员工了，连公司的人事大姐都是我招来的，可见我有多资深了吧。其实钱也不少挣，骂也不少挨，但不管多委屈多难受，从来没有一次当街当众就大哭大叫出来的，都是怕别人看笑话，一路忍着难受，憋到家再哭。那小伙子的视频，都给我看哭了，我太懂那感受了……我在这公司，每年都写一次辞职申请，但版本都更新到 6.0 了却因为太胆小没交过一次……"

"那你这次是决定离职了？"我插了一嘴。

她咬着嘴唇："本来我觉得自己能忍受这样的委屈，但最近我一个同学，就是跟我关系特好的同学，她突然跑到丽江去开客栈了，每天朋友圈里就是晒晒湖，晒晒客栈里来来往往的客人和满满当当的花，人家吃着老本，整天过得比我强多了，老板说您在大理这边生活很多年了，跟丽江那姐妹的日子也差不多，特意让我过来了解了解情况再决定。我知道他想挽留我，所以不惜豁出去您这样的朋友，不过您也别有压力……"

姑娘再一次善解人意地要我别有压力，我还是直接打断了她："姑娘，你有老本儿吗？"

"什么？"她一时没反应过来，过了一会儿，脸一黑，摇了摇头。

姑娘回去后辞没辞职我不知道，就是觉得这件事让我还蛮感慨的。

倒不是想要劝谁向上，劝谁务实。

如果有条件，其实享受生活也挺好的，只是人家有享受生活的本钱，而你有什么呢？

你有房贷，有房租，有老人要赡养，有孩子要喂。

2/

报社一个朋友，因为受不了报社没日没夜的工作压力，辞职后换了个闲职，真就一下掉进了福窝里，每天上班多数时候啥事儿没有。

以前她在报社工作的时候，都是我主动发过去消息，她几乎不回。半个月之后她幡然醒悟，一副痛心疾首的样子跟我这儿忙不停地道歉说，对不起对不起，姐妹，你看我这忙的，以为早回复你了，原来是用意念回复的啊。

换工作以后呢？

每天晚上临睡前，她都要打个视频电话过来唠嗑。我这写稿子写到脱层皮都忙不赢的人，怎么可能有这工夫天天跟人玩视聊？

不聊。

聊不起。

但不聊却不行，她实在太有毅力了，不接再打，不接还打，直到你接起来，不管你正在干吗，劈头盖脸就跟你唠单位里那帮闲人。

我果断对她设置了消息免打扰。

结果她倒好，为了能够提醒所有人以便准确召唤到"陪聊值班员"，特意把我们几个关系不错的老相识拉了一个群，一开始有面子薄的会在里边附和几句，时间久了，这个群里你往上拉百八十页，都不见有什么互动痕迹。每天就是她一个人的头像，忽而叩问灵魂，忽而人间不值得，就跟神经病似的。

即便这样觉得，我也不敢告诉她"你跟神经病似的"。

因为她一定会顺势抓住我在线的机会，激情澎湃地拉着我陪她完成一场有关"她是不是神经病"的激烈辩论。

大概3个月之后吧，我夜里睡不着一时兴起想看看她的近况。

结果，她不在了……不是，我是说，群主退群了。

这寂寞如雪的人生啊。

好奇心驱使我怀着不要命也要搞清楚状况的决心，主动打开了她的对话框。

"没事儿吧？"我于深夜 1 点多小心翼翼地问。

"能有啥事儿，回报社死皮赖脸接着干去了。"她于次日下午 5 点多轻描淡写地回复。

她说，混日子没她想得那么舒坦，混着混着就混不下去，甚至还会羡慕那些还能偶尔崩溃一下子的加班的人。

《欢喜》中有这样一句话：一条没有方向的船，什么风都不是顺风。

我倒是觉得，那些混日子的人之所以混着混着就混不下去，大概就是因为这个原因。

一个搞不清楚自己想要什么，就着急忙慌地去学别人享受生活的人，多数都在一段时间后恼火地发现，哪种日子也没劲。

3/

自从我定居大理后，好多朋友都问过我在大理的生活怎么样。

其实我知道他们真正想问的是什么。

他们想知道，如果扔掉朝九晚五的稳定，如果扔掉间歇性崩溃的压力，他们来大理能过得好吗？

很多人都想过提前"退休"，所以拼命地留意另一个城市的风景，希望能从别人的日子里找到自己想要的生活，然后也快马加鞭地赶过来过一过这舒坦日子。

但我很明确地告诉你，没有一个城市有你想要的一切。

我在大理定居后，采访了很多人，他们中只有很少的一小部分，最终能够长期定居在大理，正常地作息，正常地工作，得到自己想要的，并且每天可以对着洱海日出保持欣喜与心安。

因为有很多人，他们来到大理最终的归宿是离开。

他们会埋怨某个城市给了他假象，走了以后还会说，大理这个城市，也就那样吧，不适合生活。

其实，真相是，大部分心怀热情跑到大理的人，待了一段时间又走了，不过是因为什么都没干混了一段时间，心里慌了。

因为，无论你选择重新开始一种怎样的人生，都意味着推倒重建，而不是白捡现成的。

但很多人不愿意接受这一点。所以，在忙忙碌碌时抗拒崩溃，在无所事事时诋毁生活。

4/

蔡康永曾在一期《奇葩说》中说：生活就是打击的循环。

你可能已经做过很多次努力，后来逢人就说，什么房子，什么车子，什么爱情和理想，都见鬼去吧。

也有可能在抛家撇业去尝试另外一种人生后，却回头羡慕以前的生活。

不是你偏激，不是你堕落，不是你活该这辈子就要过着一种行尸走肉、欲求不得的生活。

真的，全不是。

我们的生活，就像蔡康永老师说的那样，就是不停地在给我打击，不停地让我们品尝"也就那么回事"的失落。

没有人能逃离打击。

但人这一生，注定都是自己开荒，自己认栽，自己重建，自己去确定意义。

当你感觉自己即将被最后一根稻草压垮的时候，尤其需要知道这件事。

06
普通人的成事节奏，
心情要走在事情前头

1/

若干天前因为一次约稿，我十分认真地看了一档综艺节目《我和我的经纪人》。

其中有一个这样的情节挺触动我的。

白宇的经纪人琪仔，在去机场的路上，一边抹眼泪一边对跟拍她的记者说："我经常会在去机场的路上哭一下。"

琪仔要选择在这一段路上哭的原因大概就是，各种烦恼积攒到一定程度，濒临崩溃的边缘了，抓紧哭一哭好发泄一下自己的情绪。

工作节奏太快，她不像那些"超人"一样可以妥善应对工作中一切突如其来的状况。相反，她就是一个经常被老板批评，方案被打回去重做的职场新人，而去机场这段路通常都是她一个人，所以她要充分利用这个机会好好哭一会儿，发泄一下坏心情。

就是这个情节，让我觉得这个时常出状况、时常没办法做到游刃有余的女孩子，其实在未来完全可以走得更远一些。

为什么这样说呢？

回忆一下，那些擦过我们耳边的"毒鸡汤"，在处理情绪方面都是怎么说的?

"情商高的人,不会败在情绪上""收起你的情绪,职场不相信眼泪",诸如此类。聊起职场残酷,聊起职业精神,这些文章是非常鄙视一个人因为无法做到游刃有余而表现出糟糕心情的。

这个世界总是喜欢用冷冰冰的优胜劣汰法则警告你个人心情在职业精神面前是多么无用,却没人告诉过你,这无用却消除不掉的坏心情该安放何处。

我们不是天赋异禀的战斗机器,也不是情商高到可以波澜不惊地笑对风云。

我们就是普通人。

对普通人来说,心情处理不好,事情也很难解决得好。

2/

写作圈里有一个我特钦佩的前辈,他要求在非写他不可的时候就把他称作"蒋大佬",这是为了任何人都没办法对号入座,只有他自个儿知道我写的就是他,这样他最满意。

作为斩获大奖无数的文学大拿,蒋大佬曾跟我分享过一个有关他写作习惯的小秘密。

每当他焦躁不安,担心自己写出垃圾文章的时候,他就停下笔,跑到客厅和院落里抽上一支烟,换上一套跟清洁工人高度相似的黄色工作服。然后开始了一系列匪夷所思的活动——打扫卫生、收拾厨房、刷洗马桶,去帮果农摘橘子,去帮小朋友抄写……

总之,蒋大佬把这一切活动称为不动脑子的体力劳动。

而这些不费脑子的体力劳动,就是蒋大佬平复自己心情的重要方式。

如果没有这个过程，蒋大佬说自己写出来的就是一坨又一坨垃圾，像青山连绵，像大浪滔天，它们就那么杵在那里，看上去唬人，其实根本经不起推敲。

这就跟《我和我的经纪人》里琪仔选择在去机场的路上哭一场，是一个意思。

无论是招架不住的小菜鸟，还是斩获各类大奖的文学大拿，本质上都是普通人。

普通人想要成事，都得有一套照顾自己心情的方法。

你正视这一点，你就能顺利踏入自己成事的节奏。

你鄙视这一点，你就会被卷入情绪反复的洪流中彻底失去重返战场的弹性。

3/

我们团队里有一个满腹才华，但很难伺候的设计师。

每次来活儿的时候，我都需要守在电脑前，拿出至少 3 个小时的时间，什么都不做，专门陪着他。

陪他干吗？

聊天。

聊什么？

多数是一些闲言碎语，少数是一些想法的碰撞。

一个合伙人就特不理解，说，难伺候的员工就别伺候了呗；干吗每次都得给自己找罪受，不过是工作关系，至于这么低三下四吗？

我听着挺乐，说，我心甘情愿低三下四。

这个设计师其实内心孤独又脆弱，但这恰恰成就了他的敏锐与细心。

每次他找我讨论，我以忙为借口搪塞他的时候，交上来的东西指定跑偏，你甚至从方案里都能看出他的沮丧。

但如果我愿意拿出时间来陪他唠唠，陪他纠结，陪他兴奋，哪怕我提不出什么建设性的意见来，他最后交上来的东西也非常惊人。

需要一份方案，他会同时准备好两份备选方案，还会在自己最倾心的方案里加上很多讨论之外的创意。总之，他给你的东西，一定是有惊喜的。

有段时间我也曾反思过，这么麻烦的员工，值不值得自己低三下四。

但一段时间后，我非常明确这一点，这不是值不值的问题，这简直就是物超所值。

你如果承认一个人某方面的价值，你就应该竭尽全力帮他顺利调整到发挥这方面价值的最佳状态。

每个人调整到自己最佳状态的方式都不一样。

而这个设计师调整状态的方式，是通过别人的陪伴把自己聊兴奋。

很多人都有一种体会，就是在自己心情不佳的时候，明知有一大堆任务压着，却完全没有办法开始行动。

这种情况，往往打骂、逼迫都没有用。

要么你就带着情绪工作。

要么你就调整自己的状态，整理好心情再出发。

4/

人心情不好时，最容易生出莫名其妙的对抗心理。

这就是为啥你心情烦闷的时候，听谁说话都很烦。

所以，不能忽视心情对工作的影响。

你需要正视，需要建立一套适合自己的安抚机制。

照顾好自己的心情，别怕被人说矫情。

毕竟，普通人的成事节奏，心情都是要走在事情前头的。

总有一次忍住不哭
让我们瞬间长大

Part 5

请保持初心不改，
奔赴下一场山海

世事洞明，不是为了让你与周遭格格不入，
而是让你用更高的眼界、
用自己的力量让这个世界变得更好。
而我们奋力向前，逆水行舟，也不过是因为：
只有每个人都肯努力去做一个温暖向上的人，
才有希望成就一个温暖向上的时代。

01
那一刻，我懂得了人心

1/

　　小时候，村子里修了第一条溜光水滑的柏油路，有个叫卡卡的小女孩儿几乎每天放学都约我去路边看车，因为我们之前从来没看过这么多阔气的小轿车。

　　因为路是新修的，为了能多跑两年，所以很快加盖了高高的减速带。

　　减速带修得比普通标准高，很多开车的人开到减速带跟前会突然停下来，下车检查汽车底盘有没有托底。发现差一点点就擦上了，就会吐口痰，骂几句娘，然后愤愤离开。

　　卡卡发现了这个规律，就去最高的减速带那蹲点，这样可以近距离观察小轿车和从小轿车上走下来的阔人都长什么样。

　　即便我觉得无趣不肯陪她，她也会坚持一个人去减速带旁待上半天，因为她想长大了也做个开得起轿车的有钱人，现在提前学个样儿。

　　有一天，卡卡走了运，她在减速带旁捡到一个鼓鼓的大钱包，里边全是百元大钞，侧边的几个小兜里放着一些证件、折子和卡。

　　那天她举着钱包在减速带那等到天黑，晚饭都没回家吃。她妈妈找孩子找到我家去了。

我带着她妈妈沿着减速带去找她，刚好碰上失主回来找钱包，是一个嘴唇涂得血红的姑娘，她急急地从卡卡手里夺过钱包，当着我们所有人的面清点钱和物品，发现完好无缺后露出了欣喜的笑容。

她拍着卡卡的脑壳，说："谢谢你啊，小朋友。"

说完转身就要走。

突然这个姑娘转身又朝着卡卡走过来，从钱包里抽出5块钱往卡卡眼前一伸，要卡卡拿去买好吃的。卡卡望着那5块钱，转身看了一眼自己的妈妈，又看了一眼周围正在看热闹的小伙伴，害羞地说："不用了，阿姨。"

姑娘看出来卡卡有点想要这5块钱，于是潇洒地把那5块钱往卡卡身上一扔，撇下一个不屑的眼神和一声冷笑，一踩油门绝尘而去。

卡卡尴尬地从地上捡起那5块钱，一歪一歪地走向我们。她想要交给妈妈，周围却响起了小朋友们的嘲笑声。卡卡妈觉得丢人，给了卡卡后背一巴掌，吼了一声："你拿人家钱干吗？"气得转身走了。

卡卡站在那里，憋咕了两下，眼泪就掉下来，她那天跟我说："我想好了，我长大了一定不做一个高高在上的人。"

那一年，我们屁都不懂，却懂得了人心。

很多人都喜欢在回报别人的时候高高在上，他们其实可以选择做一个周到和体谅的人。

2/

有一个服刑期满的杀人犯，有一天读到我写的一篇文章，那天他在我公众号平台的留言板上讲述了自己杀人入狱的故事。

整个事件大致是这样的。

一个考上重点高中的男孩，在学校遭到社会小痞子欺辱时，举起了防身用的蝴蝶刀，导致一死一伤，然后隐姓埋名地逃匿了 17 年后落网，被判有期徒刑 10 年。

他告诉我，如果知道被欺负后反抗的代价是付出半辈子的大好年华，他当初会宁可忍受。

那天这个留言给了我迎头一击。

我们年少时，常常无法太顺利地长大。

有人要遭受他人的嘲笑、辱骂、冷漠，有人在动摇是非对错的标准，有人怀疑这个世界到底是否真的公平。

我们学到的道理，常常在一次又一次的打击中被质疑、推倒，变得支离破碎。

这些打击，试图没收我们的人性，让我们变成一个对社会失望、对公平失望、对信任失望、对全世界充满敌意的人。

最终，我们失去了上进的信心。

我们放声大哭，恐惧极了。

但最难熬的日子，还是要靠你自己熬过去。

熬过去，你才能真正了解人性。

熬过去，你才知道谁的生活都没有侥幸。

我们每个人都跟这个世界不熟，但还是要一次次行走在剃刀边缘，在生死抉择中一次又一次地大喊一声"刀下留人"。

3/

我看到一则新闻。

土耳其一位 54 岁的男子，因为不满女儿没有经过他的同意擅自与恋人订婚，认为父亲的尊严受到了挑衅，所以在 FacebookLive 上直播自杀。

他对着镜头，在千万网友面前向自己头部开了一枪，随后倒地身亡。

这一切的一切，只是因为，一个父亲感觉自己没有了做父亲的尊严。

他只是希望自己的女儿能在婚姻大事上问一句："老爸，你觉得呢？"

但是长大后的儿女最不愿意做的事就是被人左右。

他们希望完成一次独立的成长，所以拒绝你的帮助，否定你的渊博，打击你的过时，无视你的感受。

就像是《摔跤吧！爸爸》里，已经做了全国冠军的大女儿打败年老体胖的父亲的那一刻，就是父亲的尊严被碾入黄沙的时刻。

前段时间的公众号在疯狂地攻击油腻的中年人，可这些油腻的中年人里有我们的老爸，有我们的老妈，还有渐渐老去的我们。

我们用"油腻"打击了他们做父母的尊严，我们有一天也要品尝走向油腻的无奈。

直到我们自己也人到中年，才知道当初其实什么都不懂。

其实我们当初可以做得更好一点。

而此时，满腹心酸，无力改变。

4/

TED 有一节课，叫《生命中最惨痛的时刻如何造就我们》。

讲师是一位男士，他说：你需要把创伤变成你自身的一部分。你必须把生命中最糟糕的时间，揉成胜利的故事；用更好的自己，来还击伤害你的事物。

没有人可以阻拦你成为自己想成为的那种人。

那些创伤，那些糟糕的时刻，那些伤害你的人和事，都只能用更好的自己去还击。

02
你学不会拒绝，那就只能学会受苦

1/

拒绝别人，一开始都有点不好意思。

上大学时候，你要面对的拒绝场景大概是这样的。

"狗蛋儿，帮我打壶热水呗。"

"翠花儿，帮我取个快递呗。"

"铁柱儿，帮我带份米线呗，不要香菜不要醋，多放葱花多放辣。"

起初，你觉得偶尔一次不过举手之劳，但时间久了，你几乎完全张不了口去拒绝对方这长年累月的指派行径。

虽然你一百个不乐意，夜里做梦都梦见你直接拒绝他，但对方再来开口的那一瞬间，你还是秒回了"好啊，没问题"。

你工作以后面对的拒绝场景大约是这样的。

"听说你在医院工作？帮我挂个号吧？"

"听说你是设计师？帮我画个图标啊？"

"听说你学 IT 的？帮我修个电脑啊？"

当你用自己的专业呕心沥血地谋了一份生计，却发现总有人想轻而易举地占用你的时间和价值。

那些妄图不劳而获的人从我们出生起就阴魂不散地提出各种花样的要求。你好说话一次，后边就会有无数次。

一旦你坚定地认为拒绝别人会让自己显得没有人情味儿，你的苦日子也就开始了。

这类受苦人群，都是找气生的心态。

2/

有个叫晴子的姐妹儿，3月份开始疯狂借钱，几乎把认识的人都试了一遍。

其实她收入还可以，本来也有存款，在一家互联网公司做品牌策划，最近她妈妈住院了，需要一笔手术费。就在这节骨眼上，她竟然把自己的存款先借给了一个朋友，而且是一个半年不联系，一联系就张嘴借钱的"朋友"。

她这个朋友对于这笔钱的用途是，要拿去开翡翠店周转！

"你心真够大啊，自己的钱借别人周转生意，亲妈做手术你再四处借别人钱，朋友重要还是妈妈重要？"我忍不住插了一嘴。

"我其实不想借给她，我也拒绝了，可是没用。"她讪讪地说。

"什么叫拒绝了没用？"我惊诧了。

"我当时说我妈生病住院也需要钱，所以暂时不能借给她。但她还是说，只借一周的时间，很快就还。"她急着向我解释自己当时的处境。

"你都说你妈生病住院需要钱了，这么明显的拒绝还假装听不明白，她还能跟你说出只借一周就还的屁话。这种人一周后一定不会还！"我真是被她气得够呛。

她沉默半响，才怯怯地说："你说得没错，一周之后我问她要钱，她说暂时拿不出来，需要再借用一段时间，这才导致了我不得不赶紧四处借钱给我妈做手术。"

尽管我们后来一起给她凑出来了她妈妈需要的手术费，但她这样忍气吞声的性格要是不改，也没有人每一次帮得了她。

社交往来里边的门道就是这么诡异，你只要守不住自己的底线，别人就能一点点地蚕食掉你的全部肉身。

你觉得好说话就是善良吗？

美国心理学家莱斯·巴巴内尔对于善良的理解是：善良的人害怕敌意，用不拒绝来获得他人的认可。大部分友善的女性一辈子会被痛苦、鼓励、空虚、罪恶感、羞耻感、愤怒和焦虑折磨。

换句话说，其实你没有那么想"好说话"，但你懦弱的性格又让你不敢拒绝。

时间久了，学不会拒绝就会使你的心理状态魔鬼化，把你变得分裂、焦虑，备受煎熬。

3/

再来讲个故事，来自一个女读者的求助。

这姑娘有个做销售的老公，特能喝酒，每次应酬必醉，喝醉了酒回家两口子就吵架。有一次这哥们儿还疯疯癫癫地举着孩子在阳台上荡，得亏他当时没松手，不然后果不堪设想。

每次她老公酒醒后，她都试着跟他好好谈谈，劝他以后能不能少喝点或者别喝了。平常是个模范丈夫，一喝完就跟换个人似的，这让她受不了。

结果她老公理直气壮地反驳："你以为我愿意喝？我不喝哪来的业绩，哪来的单子，哪来的钱养活这个家？"

她一听这话就蔫了，觉得她老公好像也确实不容易，毕竟收入比她高出那么多，她也说不出"那就别干了"的豪言壮语。

但老公日复一日地撒酒疯，撒得她实在是受够了，尤其是上次差点把孩子扔下去这事儿，更让她感觉事态有些严重。

她小心翼翼地问我："轨姐，酒桌上真那么盛情难却吗？"

我说："不存在的。"

你以为生意真是跟电视里演的似的，喝一杯拿一万块谈成的？

长久的合作，本质上靠的还是产品硬件、公司信誉与售后服务。

喝酒串场子，那都是硬件之外的锦上添花，什么时候喝两杯就成了你签单的决定性因素了？

很多人嘴上的盛情难却，不过是自己恋酒的借口。

这就跟一帮人聚会到半夜，孩子发烧，老婆打电话催你回家，你理直气壮地说："都没走呢，我哪好意思先走？"

真是因为你不好意思吗？

快拉倒吧。

事实上，你不走只是因为你还想接着玩。

如果你因为家里有事儿提出先走，友谊当场破碎，那说明这帮人压根也算不上你的朋友。

真朋友，一定会讲究谅解。

酒肉朋友，才会不顾人死活。

4/

拒绝别人的不合理要求，需要有一个自我训练的过程。

到底是直截了当地说"绝对不行"，还是委婉地说一句"以后有机会"，得取决于对方是否识趣。

通常人与人最初交往的时候，都会潜在地试探一下对方的底线与边界。

识趣的人，只要看你一犹豫通常马上就自找台阶下了；不识趣的人，才会装傻充愣跟你这儿能蹭点是点。

这个时候，该怎么办?

血性，用来治那些不要脸的人。

委婉，用来给识趣的人留薄面三分。

社交往来就是有压力、有博弈、有决裂、有翻脸的一个过程，你只有在这个过程中有损伤、有得失、有去留，你才配拥有快乐的人生。

而你，要是一直学不会拒绝，那就只能去学会受苦了。

03
对于心术不正的人，
一定要不动声色地远离

1/

知乎上有人提问，在哪个瞬间，你发现跟他永远做不了朋友了？
当时看到这个帖子，我想起了一个人。

那年几个北漂的朋友经常在周末约一起吃饭，多数时候都是大家自觉轮着买单，因为我们当时是刚来北京工作的租房一族，都没什么钱，所以每次聚个餐也就是花个二三百元的样子。

唯独到了大庆这儿，我们会替他把单买了，因为我们都知道他条件最不容易，父母三天两头打电话要他往家里寄钱，他平常省吃俭用，感冒了连"感冒灵"都不舍得买，就是硬抗。

本来我们觉得这根本没什么，毕竟谁都有艰难的时候，哥们儿间体谅体谅拉一把儿就是。

直到有一天，大庆突然主动招呼我们出来吃饭，我们有些诧异，但这是大庆头一次主动做东组局，不去又伤人自尊，于是我们讨论了一下，吃烤鱼吧，一顿饭控制在200元左右，担心点菜容易超标。

那天一向不碰菜单的大庆，竟然眉飞色舞地抢菜单点菜，而且点了价格偏贵的清江鱼，辅菜点了一大堆，酒水饮料点起来也是眼都不眨一下。

大家都劝："庆，吃不了这么多，少点点儿吧。"

大庆一脸诡笑："怕什么，又不用你们买单，都放开肚皮吃，别管了。"

聚餐到尾声的时候，大庆剔着牙问："都吃好了吗？"

众人皆应。

"吃好了就行，最近我新学了一招。"大庆一边说一边神秘兮兮往四周看了一下。

你们知道我看到了怎样的一幕吗？

大庆确认我们这个方位没有摄像头后，从口袋里拿出来一块指甲大的玻璃碴子扔进了烤鱼盘里，拿筷子搅和了一下，就夹了出来，一脸严肃地喊："服务员呢？你过来一下，把你们老板找来！"

后面的情况就是，他以吃烤鱼吃出玻璃碴子为名，要求免单，还要求对方道歉。烤鱼店老板一开始不同意，希望只免烤鱼的单，大庆开始嚷嚷着要告他们，老板一看店里还有很多客人，只好无奈地答应这单全免以息事宁人。

我们一桌人看得目瞪口呆，走到烤鱼店门口的时候，有人嘀咕了一声："大庆，这么做过分了吧，人家老板也一头白发了，做点小买卖不容易。"

大庆得意扬扬地说："你就别假正经了，刚才你吃得不也挺欢实的吗，这招厉害吧？"

我们几个人当即面面相觑，没再说话。

第二天，我们几个去那家烤鱼店每个人办了一张储值卡。

说不上是对那件缺德事儿的补偿，但大庆之前是我们的朋友，当众揭发他实在是挂不住。我们心里过意不去，只能用我们觉得力所能及的方式，让自己心里舒服点儿。

我确定，那件事儿之后，我们跟他再也做不成朋友了。

2/

有一个湖南妹子，曾经向我紧急求助过一件事儿。

她新谈了两周的异地恋男朋友，想问她要大尺度照片拿来满足自己的欲望，问我能不能给他？

我斩钉截铁地告诉她："不要。"

她为难地说："可是如果不给他，他就跟我闹分手呢。"

我一惊："那就更不能给了，这人心术不正。"

她点点头。

过了几天，她一脸惊恐地含着眼泪来告诉我："幸亏没给他，他真因为没得逞翻脸了，跟我闹分手，我说分手也不能给。他居然气急败坏地写了一封邮件，群发到我公司邮箱说我如何……"

她问我："姐，你见都没见过他，怎么会料到他心术不正的？"

我说："一个男的，真拿你当自己媳妇，首先考虑的，是在这个互联网信息时代一不小心会对你声誉造成威胁的事情，而不是把满足自己的欲望放在首位。像这种，你必须怎样怎样，不然就分手的要挟套路，能够如此娴熟地使在一个跟自己交往才两周的姑娘身上，不是心术不正是什么？"

姑娘恍然，恨得牙痒痒，说如果这事儿损害自己丢了工作，一定会报复回去。

我赶紧劝，你最好的做法，是不动声色地远离。

心术不正的人，往往很危险，任何实质性的进一步接触都会让他顺势缠上你，并以更加拙劣的手段不断地纠缠你、恶心你。

就像尼采在《善恶的彼岸》中说的那样：

与恶龙缠斗过久，自身亦成为恶龙；凝视深渊过久，深渊将回以凝视。

3/

小时候，家里做点小生意，我特别喜欢去帮母亲收零钱。

有一天，一个过路叔叔来买东西，看到是我这样一个小屁孩当值，问我："是你收钱吗？"我骄傲地点头如捣蒜。

这位叔叔马上换掉手中的零钱，去钱包里扒拉了半天，最后拿出来一张皱巴巴的五块钱要我找钱，找完钱就风驰电掣地往门外跑，差点摔个大跟头，都不知道他着什么急。

到了晚上，就出事儿了。

母亲举着那张五块钱，一脸严肃地问我们，到底是谁收的这五块钱？

我当然认得这张钱，犹犹豫豫地举手，说："我收的，咋了？"

我妈长叹一口气，说："假的。"

我憋得满脸通红，当场气得号啕大哭，嚷嚷着说："我认得这个叔叔，明早起我天天在路上堵他，我就不信他这辈子不走这条道儿了。"

母亲摇摇头说："算了吧，人家有心花这个钱，就不会往回认。"

我气急败坏地说："那怎么办？假钱是我收的，那我就负责花出去。"

母亲大怒，一拍桌子，上去就把那张五块钱撕了个粉碎。

她说，别人可以坏咱，但咱不能反过头跟他们一样去坏别人！

母亲虽然没读过什么书，但我舞文弄墨这么多年，也始终说不出这样有哲理的话。

这大概就是我们要不动声色地去远离那些心术不正的人的原因。

4/

人在世间走，不可能全是善，偶有邪念上头，如果不及时悬崖勒马，心术不正的人很容易就能把你带进火坑。

就像雨果说的，正直的人最吃力的工作是经常把难消除的恶念从灵魂上消除出去。

我们一生都要经历一些不甘心的事情，以为此仇不报非君子，总想着反戈一击让对方知道自己不是那么好欺负的。

但有些人，就像是瘟疫。

心术不正的人，往往事事不正，他根本不可能在魔鬼的路上行天使之事。

离他远点儿，就是最安全的回击。

所以，对于心术不正的人，一定要不动声色地远离。

04
永远不要相信一个赖账的人

1/

有个大四的小妹妹，给我讲了这么一件折磨得她几近崩溃的事儿。

她在学校里有个家境不错的小姐妹，半年前问她借过 200 元钱充饭卡，当时她以为这姐妹只是出门时忘带钱包，就毫不犹豫地借了。谁承想，这要毕业了，小姐妹对此只字不提，完全是忘得没影儿的样儿。

肯定是忘了，肯定是。

小妹妹嘀咕着，在一个风和日丽的下午小心翼翼地在微信上提起这 200 元钱的事儿。

但让她震惊的是，这位家里明明不差钱的小姐妹表示自己记得早就还过了，言语中全是不屑与被人讹了的委屈。

小妹妹哭着向我诉苦："轨姐，你说她是真忘了还是故意不还啊，如果是真忘了我就不要了。"

她说："我就是一个穷学生，每个月生活费都是有数的，那个女孩儿不还钱，我就得勒紧裤腰带熬过去。但你不知道，她实在是太伤人了，我昨天给她的朋友圈状态点了个赞，她突然跳出来气急败坏地说让我别催了，不就 200 元钱吗，过几天就还我。接着就发了朋友圈，说总算看清了一些人的人品。"

我听完连连感叹这赖账姑娘脸皮真是厚啊！

你别说，现在的朋友圈点赞功能可神奇了，具有催债、催稿、催答复等多种暗示功能。

越是亏欠，越怕相见。

这种亏欠你还能理直气壮反咬你一口的人，通常有能耐让你反过头来感觉自己像欠了他似的。

拉倒吧，姑娘，你要了也是白要。

还好数额不大。

就当你花了 200 元钱认清了对方人品得了。

轨姐还是跟你说说以后在赖账方面防患未然的干货吧。

2/

什么样的人，赖账概率出奇的高？

（1）本来交情就不深，很久不联系突然就找到你的人。

这类人的开口方式往往都是"我有个不情之请"。

拜托，知道是不情之请就不要说出来。

是不是合适的借钱对象你自己心里没数啊？非得给别人添堵，八辈子不联系一次的人，借给你下一秒都不知道上哪儿要这钱去。

（2）借钱的时候从来不主动告诉你还钱期限的人。

主动约定还钱期限的人都可能因为变故一拖再拖，更别说跟你打马虎眼压根不提这事儿的人。

真正不想失去你这个朋友的人，一定会在麻烦到你的时候主动约定还钱期限，并且在这天到来前的一个月左右，他会主动跟你提起还钱的事儿，而不是你不问他就跟死人似的。

任何往来之事，都有自己本身的规则与礼仪。

破坏规则的人，人品都有硬伤。

（3）借完钱后正常聊天都爱答不理甚至人间蒸发的人。

摊上这类人最要命。

就像上边那个别人一点赞就炸毛的小丫头一样，你跟她说啥，她都觉得你在催债。

越是抵触，就越是可怕。

对自己的信誉有信心的人，绝对不会莫名其妙如此敏感与心虚。

对你爱答不理或者一条微信都能隔一周才回复你的人，赖账的概率几乎高到百分之百。

人间蒸发的更不用说了，这都豁出去了。

（4）朋友圈里整天晒吃晒喝晒旅游，一提还钱就没钱。

这种人最气人了，跟你借钱往往不是因为吃不上饭了，而是要买能力之外的奢侈品满足自己的虚荣心。

这种在朋友圈里过得既潇洒又富有的人，千万要在他张嘴前就先他一步哭穷！

3/

当你不想借钱给对方，但是婉拒无效时，该如何有效处理？

先讲一个匪夷所思的故事。

北漂的时候，我突然接到一个同学的电话。寒暄一番后，她非要说我是她好朋友里边最有本事的一个，正当我欣欣然要谦虚一番时，她张嘴问我借钱了。

当年我也就是没上过几年班的菜鸟，还不能自如地应对各种复杂的人际关系。

我试探性地问她借多少？

你猜她张嘴要多少？

十万块啊，我当时就惊呆了，还是不好意思回拒，只好进一步友好询问："你是出什么事儿了吗？一下需要这么多钱啊。"

她眉飞色舞地跟我说："没出事儿啊，就是买房还差点儿。"

这就震惊到我了，因为她一毕业就嫁人了，她老公家里已经有 3 套房，这再买就第 4 套了。

"你买这么多房住得完吗？"我继续问道。

"谁能住得了那么多房啊，前几套都是我老公的婚前财产，我想借点钱也给自己投资一套，反正你也买不起北京的房，先借我用呗。"她依然眉飞色舞。

像我这种连容身之地都没有，每天挤地铁、住合租房的小姑娘就不能有一个攒钱给自己安家的梦啊？

你咋好意思向我这种穷人开口？

你咋有脸告诉我你想借我这种穷人的钱拿去投资啊？

正在我纠结如何回应她时，她竟然极不耐烦地翻脸了："不想借就算了，说这么多你有意思吗？"

我真是谢谢她了。

尽管如今已成长为敢作敢为的"女文青"，但我当年对自己软弱的行为始终无法释怀，这些年一直在苦苦追寻解决方案。

后来真叫我找到了。

如果你的性格像当年的小轨一样软弱，如果你无法阻止自己借钱给不信任的人，你可以通过第三方平台去婉拒对方。

打个比方，支付宝的借条功能，就可以把金额、期限、利率和到期自动扣款规定清楚，你发起借条，对方接受就可以了，到约定时间系统就自动从他支付宝账号把钱划拨给你。

既然他信誓旦旦地承诺到什么时候一定还，既然你信不过他还怕拒绝了被人说抠门，那就用这种方法啊。

他一准就知难而退了。

因为一个压根没有偿还能力的人，对信誉约定往往闻风丧胆。

4/

说实话，要做到一辈子顺水顺风永远用不到别人的帮助还是比较难的。

亲友之间互相拉扯一把在所难免，几乎人人都有一段四处求助的困难时期，谁也不敢说出永远不求人的话。

但一个人值不值得我们帮，还是得有人品的考量。

一旦碰上赖账的朋友，今天推明天，明天推后天。你不问，他不还，太膈应人。

赖账不还的人，往往不是过不下去的可怜人，而是用向别人伸手的方式来保障自己生活质量的无耻之徒。

值得信任的人，他们往往了解人与人之间本无亏欠的关系，有钱必先还钱，而不是先给自己换个最新款的手机。

切记，永远不要相信一个赖账的人。

05
远离喜欢"慷他人之慨"
的假仁义

1/

那天去早市转悠，看到旁边一个婆婆手里掐着几根黄瓜，面露难色地站在一个摊主面前。

"我零钱不够了，还差7毛。"婆婆说。

还没等摊主开口，一个大妈凑上来说："赶紧给人抹了吧，咱们挣钱总比老人挣钱容易啊，谁没个老了的时候，你说是吧？"

大妈说得好像没啥问题，但我还是觉得听着怪不舒服，正寻思到底哪出了问题，摊主大姐发话了："大妈，您说得对，您这么好心，要不您把这7毛钱帮阿婆补上吧？不然您就别让别人出钱帮您圆这个好名声。"

大妈被说得瞬间脸色大变，恶狠狠地白了大姐一眼，嘟囔了一句："关我什么事儿啊？现在的年轻人真是掉钱眼儿里了。"然后扶了一下背篓快速走到别处去了。

大妈走后，大姐还是帮婆婆把7毛钱的零头抹了，还往婆婆的菜篓子里多塞了一把小葱。

听上去好解气啊。

真是佩服。

一直以来，就顶讨厌这种喜欢"慷他人之慨"的假仁义。

你反抗吧，显得你小气，你不反抗吧，自己吃亏不说，还让别人做了好人。

人家大姐这法子实在是直击要害，打得漂亮。

怒斥假仁义最好的方法是，你想献爱心可以，但麻烦你放自己的血，掏自己的钱。

2/

我的一个哥们儿是福特某车队的，平常几个开福特车的哥们儿成立了一个俱乐部，谁那儿有喜事用车，大家都互相照应一下，捎带手赚点外快。

其中有个车队里的老人老胡有一天在群里说，自己最要好的发小要结婚了，需要用车。

大家按照以往的惯例，有空的都去捧了场。

结果在当天晚上的宴席上，老胡的发小在司机席敬酒，想要把用车的喜钱顺道付给大家。

谁知老胡一马当先地站起来，拍着胸脯嚷嚷："你这就见外了，都是好兄弟，提钱就见外了，赶紧去别处忙去，别在我们这桌晃悠。"

说着就把新郎发小推到别桌去了，然后自个儿举着个酒杯要敬兄弟们酒，要谢兄弟们的仗义。

一桌人脸色一下都变了。

我哥们儿没吱声，闷声儿喝掉杯中酒，站起来走到新郎跟前，直接从新郎手里拿走了自己那份喜钱红包，外套往膀子上一撩，叼着烟就走了。

回去后，老胡一脸正气地来找他算账了："你丢不丢人？这是想打哥们儿的脸吗？你是有多差钱？好哥们儿的钱都要？第一天出来混？"

我哥们儿也不是什么软柿子，直接给老胡骂得退群了："这是你发小，又不是我们的啊，大家伙儿张罗兄弟们跑活儿，都给喜钱分，这兄弟关系才能细水长流，你凭什么招呼不打一个，就让咱们出时间、车子和油钱，来替你圆这份'仗义'？当着你发小的面，老子没让你下不来台，这已经是给你脸了！"

老胡气冲冲退群后，那天出活儿的几个老好人也跳出来说话了："唉，早知道跟你一样把钱要了就走得了，那天看到新郎把他叫到一边，给了他一整箱酒。还以为老胡回来怎么也得表示表示，谁知道这哥们儿这么不地道，提都不提一嘴，直接退群了。"

这种人，一看就是"慷他人之慨"的惯犯了。

他们认准了你会磨不开面子，总有法子让你吃亏吃得上不来下不去。

3/

那些喜欢替别人慷慨大方的人都有一种通病，他们总是习惯通过出让别人的利益彰显自己的品德，然后变相让自己获益。

而且越是在公众场合，他们越是喜欢代表这个代表那个慷慨陈词。

本来说好 AA 制聚餐，他们会代表你表示，女同志不用掏钱了；

地铁、公交上一看到老人，他们会代表你让座，"来，大妈这边坐，小姑娘还年轻，站会儿没关系"；排队买个票，他们会代表你高风亮节，"插她前边吧，看您比较急"。

这帮人，简直伪善得令人作呕。

麻烦您行行好，我们不需要您代表。

你想做好事儿当然值得提倡，但麻烦你最好只代表你自己。

4/

大理与昆明之间没开通高铁之前，去昆明赶飞机的很多人都会叫顺风车拼车去机场。

有一次赶了个"红眼航班"，早上四点我跟朋友先上了约好的一台车子，这种商务七座车第二排通常是最舒适的位置，因为是独立的座位，后排大家会比较嫌弃，四个半小时你都要跟陌生人挤在一起东倒西歪。

因为司机先拉上了我们，自然我们就坐在了第二排。

接第二波人时，刚好上来了三个男的。

其中一个率先跳上了副驾位坐下来，另外两个往车里看了一下，其中一个说："我晕车晕得厉害，从来不敢坐最后一排。"

我一看后排也没有坐满，就主动让出第二排来给他们坐，小伙子大为感动，上车后从包里又多掏了150块拿给司机，说："师傅，知道您跑一趟必须拉满才走，后排那位子就不要再拉了，我把那个位子的钱也买下来，人家姑娘怕我晕车主动让了靠前不挤的位子给我，我也不能平白让人遭罪。"

司机答应得很快，钱收得也快活，但过了一会儿接了一个电话，回头跟我们说，有个兄弟要"过"一个人给他，这个兄弟一向很照顾他，所以他路上要再"捡"一个。

我们一听，都傻眼了。

小伙子跟师傅说："咱不都说好了吗？不再拉了，而且我也把空位费补给你了啊。"

司机师傅一脸不悦地从后视镜看了他一眼，说："小伙子，年纪轻轻不要咄咄逼人，多做点好事儿这是给自己积德，反正我答应别人的事儿一定得做到，这个点打车多难啊，挤一挤怎么了？"

什么？那答应别人的事儿是事儿，答应我们的就不算是事儿了？

尽管我们都一再说明，是司机跟我们说好留一个空位出来，大家才愿意加钱搭车，但现在局势却变成了，如果我们不应下来，就是一群不通情达理的小年轻在拦着师傅去行善。

路上没人再说话，师傅美滋滋地又"捡"了一个。

通过他们之间的聊天，我们听得出来，根本就不是什么临时兄弟"过"一个人给他，而是他老早就计划好了拉满座，但为了多收一份钱，为了让自己显得有正义感，硬是算计了我们。

以往下车后，拉过我们的司机都会塞给我们名片，希望有活儿再找他。

但这次我们没有一个人接他的名片。

对待这种"慷他人之慨"的人，最好的反击就是不再给他们机会靠近你。

只要你在他周围，他就会想方设法地把你当猴儿耍。

逼你捐款的是他，分文不出的也是他；要你让座的是他，把头扭向一边装作看风景的也是他。

　　你按他提议做了，他是个好人；你没按他提议的做，他还是个好人，而你就成了人品有硬伤的坏人。

　　这种四处绑架别人的假仁义的人，都挖好了坑等着爱面子的人往里跳。

　　我们对待这种人最好的方式，只能是，要么一次就给他治得再也不敢了，要么就离得远远的别让他缠上。

06
长大不是变得冷漠，而是变得温暖

1/

有一次，我被一个读书类的活动方邀请去做嘉宾，然后偶遇了我超喜欢的某民谣歌手。

活动结束后，主办方请我们几个嘉宾小范围聚餐。

我兴奋地告诉他，他所有的作品我都听过，最早期的作品有些略显生涩，现在的作品情绪调动的速度就快多了，越来越完美。

"你当真这么觉得？"他突然皱着眉头反问了一下，看我愣在那里，又不好意思地补充说："其实我近几年的作品全靠激烈的情绪在硬撑，没什么灵魂。"

然后，他给我们讲了一件事，有关自己这些年的变化。

他成名比较早，在酒吧唱歌被圈内的人发掘出来，赶上大火的选秀节目，年纪轻轻就走红了。

那个时候，他是个特别热情的青年，从来不认为自己有点名气了就应该高高在上，只要谁告诉他自己的音乐梦想并向他求助，他就会出钱帮人家录歌，甚至曾经把自己一把上万元的吉他送给一个只有一面之缘的小男孩儿。

但不久后，因为他的离婚风波，一些他帮助过的人，第一个不问青红皂白跑出来骂他，他那个时候年龄较小，没谁教过他怎么疏导不良情绪，他也没有心胸大到可以直接忽视这些恶意。

离婚风波让他的事业陷入了一段时间的低谷，他开始慢慢学着持重、冷漠、喜怒不形于色。

多年以后，他成了民谣界受人尊敬的"某老师"，但他现在的处事原则是，无论遇到多惨的人，即便是有能力，也不会多看一眼。

这样一个故事，让本来热闹着的一桌人突然冷了下来。

主办方一个工作人员赶紧圆场，嗐，哥啊，人长大了可不就是这样吗，年轻时候犯傻，上了岁数就有数多了。

他摇摇头说，不，你说错了，活成没长心的怪物，那不叫长大。

我心里"咯噔"一下，突然被某种感同身受的东西击中。

见过很多冷眼观世的大人，他们原先曾是一腔热情为正义而战的"屠龙少年"。尝遍了几年人间冷暖后心智愈发成熟，却再也找不回内心的柔软。

疙瘩未解开，就这样匆忙长大。

但你看到的冷漠，并不是他们本心的样子，这只是他们给自己涂上的保护色。

2/

我做了公众号后，经常会在后台收到大倒苦水的读者来信。

我最初也是怀着一腔热情，逐一回复，晚回一个小时，我都会先跟对方说一句"抱歉"，因为我了解心急如焚的人在每一秒等待中的煎熬滋味。

但随着粉丝量变大，回复每一封来信便有些力不从心，只好选择回复其中一部分。

结果有一次遇到一个厉害的读者，因为当天没有收到我的回信，在后台大骂了我一通，用词肮脏，极具侮辱性，看得我又惊又气。

那个月我索性不再看后台留言，不再给任何人送去开导。

就是突然觉得，这个世界根本不值得我如此倾心地付出。

就在次月末的时候，我的一位老师突然转过来一条链接，是有关某个文学奖项投票的。

虽然比较诧异这样一位德高望重的老师，跑前忙后地帮别人拉票，但我还是点开看了一下，并按照她说的，给其中一个姑娘投了票。

我还开玩笑地问她："老师，这姑娘是你家什么亲戚呀？"

老师回我："不是我的亲戚啊，就是一个瘫痪坐轮椅的女孩儿，诗歌写得挺不错，觉得她不容易。希望举手之劳能帮一些是一些，万一得了奖，她以后的日子兴许还能好过一些。"

不只如此。姑娘后来评上奖之后，因为条件拮据，迟迟不好意思给组委会的老师们定下自己的行程安排，老师觉得可能有什么难言之隐，所以主动给姑娘去了个电话询问。姑娘这才坦言，北京的宾馆价格太贵，自己出行又不便，家里常年都是父亲照顾她，他们一直在纠结，如果父亲陪同，住宿费该如何解决。

老师听完后，直接打了申请报告，帮姑娘的父亲多申请了一间房间。

我知道这件事后深感惭愧。

十年前，老师只是因为欣赏我的文采，便奔走着帮我四处打听如何出书。这般照顾，让寝室舍友一度怀疑我跟老师有什么亲戚关系；十年后，她依然没变，还是像一个热情的大姐姐一样，竭尽所能地忙着帮帮这个，帮帮那个。

而我，这些年已出版了五本书，自诩心智成熟。事实上，只不过是慢慢活成了一个刀枪不入的冷漠怪物。

我学着凡事三思，不过是唯恐付出无果。

我学着把性情上的冰冷归因于成长的代价，不过是在逃避内心的拷问。

而真正的成长，其实只会让原本冰冷的人更冰冷，原本温暖的人更温暖。

3/

以前看鲁迅的作品，总是不能理解。

多年以后再看，却一下了解了一个少年一腔赤诚、心向光明的热血与正义。

"愿中国青年都摆脱冷气，只是向上走，不必听自暴自弃者流的话。能做事的做事，能发声的发声。有一分热，发一分光，就令萤火一般，也可以在黑暗里发一点光，不必等候炬火。此后如竟没有炬火，我便是唯一的光。"

温暖的人，不过是看穿人性的阴暗后，依然选择了走向有光的方向。

你我在这物欲横流的人间行走，多半都会受这样那样的委屈，有人经一次崩溃式的打击，便长出了心眼，多了戒备之心。

遇事不再一马当先，心里不再有悲悯，对任何接近自己的人，第一反应是防御。接下来只要发现事不关己，便冷眼旁观，看都不会多看一眼。

心无波澜，何来悲欢？

我们在用冷漠抵御外面的世界，也在用冷漠杀死自己有血有肉的感知。

疼痛止于无情，快乐也是。

罗曼·罗兰说，真正的英雄主义，是认清生活的真相后，依然热爱生活。

所言无差。

世事洞明，不是为了让你与周遭格格不入，而是让你用更高的眼界、用自己的力量让这个世界变得更好。

4/

一个朋友跟我说，他突然悲哀地发现，自己不再是个愿意跟人辩论是非曲直的刺儿头了。

他是从什么时候发现的？

有一天傍晚，他像往常一样在网络上写了一大段怒斥网友价值观扭曲的话，在按下发送键的前一刻，不知道为什么，他突然觉得这一切毫无意义，直接退了出来。

就像很多删朋友圈的人，就像很多写文章发表价值观的人，被冷漠路人说了一句"关你什么事"后，一下就蒙了。

他们黯然失神，甚至会反思：对啊，我整天上蹿下跳、东奔西走、忙忙碌碌做这一切，到底有什么意义？关我什么事啊？

安·兰德在小说《源泉》中写道：你不能把这个世界，让给你所鄙视的人。

我觉得这是我见过的最振奋人心的意义。

我们为什么要毫不吝啬地表达价值观？我们为什么要伸出手去力所能及地拉一把深陷绝望的人？我们为什么要在遍体鳞伤后依然心存良善？我们为什么要认认真真做一个有所输出的人？

雨果说，假如一个作家只是为他自己的时代而写作，那我就得折断我的笔，放弃写作了。

而我们奋力向前，逆水行舟，也不过是因为，只有每个人都肯努力去做一个温暖向上的人，才有希望成就一个温暖向上的时代。

越是明白这世间冷之无情，越是了解这人生的暖之可贵。

"已识乾坤大，犹怜草木青。"

对这世界永远怀着一份普世的柔情，方能温暖长大。

07
生活不是你活过的样子，
而是你记住的样子

1/

前不久，新闻爆料出一位 17 岁少年因被母亲责备而直接下车，当场跳桥身亡的短视频时，一个只有 13 岁的女孩在后台跟我说，她家住 5 楼，她有无数次也在妈妈不分青红皂白责难自己的时候想要跳下去。可她比较软弱，看完这个视频感觉多了几分勇气。

这样的留言让我瞬间感觉毛骨悚然。

之后，我主动找这个小女孩儿聊了聊。

女孩儿其实自始至终没有说出一件具体的事。

促使她无数次想要一跳了之的原因，都是无处申冤的琐事。

有时候是在学校受了排挤找妈妈倾诉，妈妈却轻描淡写地说没什么大不了的；有时候是因为老师算错成绩导致她跌出了前 10 名，她想要个说法，妈妈却说不是正式大考你自己知道就行了；有时候是男生给她写的纸条被妈妈发现，妈妈气急败坏地说她"不好好学习却勾引同学"……

总之，她感觉无论一件事是谁的错，在她妈妈看来，就理应从自己身上找原因。

就这样，一桩桩、一件件诸如此类的事，压得她喘不过气来，甚至有一次她当着妈妈的面威胁要跳下去，步子往窗边挪了又挪，她妈妈竟然一声冷笑道："跳吧，赶紧跳，养个女儿真是出息了。"

隔着屏幕，我都能感到她在哽咽落泪。她说，我妈这辈子在我面前没有承认过错误，我不会跳，但我永远不会原谅她，只想快点离开这个家。

我感叹，只能告诉她，很多妈妈都是不会道歉的，她们只会在做好饭的时候假装一切都没发生过，然后喊你回来吃饭。

现实确实如此，孩子一辈子都在等一句对不起，父母一辈子都在等一句谢谢你。

大家都认为庄重地表明态度很重要，可谁都做不到。

最后这些等不来的东西，慢慢发酵成积怨，一辈子都不肯原谅的那种，一辈子都甩不开的那种。

将来无论遇到谁，心里都憋着一股子倔劲儿。
想质问全世界，凭什么原谅、放下才能让我变成更好的人？
我偏不。

2/

麦家在《人生海海》里，讲了牵绊所有人一生的原谅与放下的问题。

一个身负通天本事、拥有一生传奇经历的上校回到村里，想要过过养养猫、吃吃蹄髈的安稳日子，却要因此背上一个"太监"的名声，但他对此并不计较。

因为有一个他在意的好兄弟相信他不是，这就足够了。

就像《后会无期》里说的那样："有时候，你想证明给一万个人看，到后来，你发现只得到了一个明白的人，那就够了。"

但如果你一辈子的安生日子，恰恰是被那个你最信任的人的亲生父亲给毁了呢？

你还能做到原谅吗？

上校选择原谅了，甚至写了一份白纸黑字的申明，希望全村的人都能原谅好兄弟的父亲，可好兄弟的父亲没等到这个申明，就急急忙忙地在猪圈里上吊自杀了。

《人生海海》里写道：人要学会放下，放下是一种饶人的善良，也是饶过自己的智慧。但有些事长进血肉里，只有死才能放下。

你的人生，别人原不原谅你，并不能左右什么。

一辈子要活成什么样子，到底还是自己说了算。

3/

《都挺好》热播的时候，一个备受争议的情节便是苏明玉被打。

亲哥哥苏明成把苏明玉堵在车库里往死里打。打成重伤后，所有人都跟她说都是一家人，不至于把亲哥送到监狱里坐牢吧？

在伤害与原谅面前，"不至于"三个字，最是伤人。

它意味着，没有一个人理解你心里的伤痛。

他们把那些击碎我们生活本来面目的致命伤害，一笑而过地称之为"不至于"。

凭什么我要原谅？

可苏明玉最终还是没有把苏明成送进监狱，而是做了一件看上去十分幼稚的事挽回颜面。

她让苏明成读完自己帮他写的忏悔书，然后录下来，一来羞辱，二来防止其再犯。

为什么会这样？

因为从小被哥哥打到大的妹妹，受的最重的伤，不是皮肉疤痕，而是一辈子的心理阴影。所以，对妹妹来说，能够从精神上用同样的方式摧毁你，你才知道我有多恨你。

如何让一个人彻底原谅别人对他的伤害？

说出来可能很残忍，我以为的最佳治愈方式是，将自己受过的屈辱加倍偿还给对方，让他也尝尝滋味。

所以，电视剧里你以为不把苏明成送进监狱就是原谅了吗？

其实不是原谅，是算了。

很多人对待心口上的刀伤都是如此，永远做不到原谅，只要出了口气，也就算了。

《人生海海》里说：一些事，就像烙铁烙穿肉、伤到筋的疤，不但不消失，还会在阴雨天隐隐作痛。

这便是"算了"式的原谅。

4/

但最终，那些一生都背着深仇大恨的人，永远没办法发自肺腑地开怀大笑一次。

就像尼采说的，当你凝视深渊时，深渊也在凝视你。

就像马尔克斯说的，生活不是我们活过的日子，而是我们记住的日子。

我们选择记住还是原谅，无关慈悲，无关宽容，最终还是为着自己的日子能得好过一些。
因为我们记住的样子，才最终构成了我们活过的样子。

08
一生所爱，
等不到你"有钱了再说"

1/

这个故事，是饭桌上听来的。

他55岁，在一个隐没在茫茫苍山里的县城当保安，乡下的家至今是土坯墙、黄泥地，灌风漏雨，村里人路过的时候，大老远就绕开，怕危房随时会倒掉砸到人。

这个乡下的家，离县城只有7公里的路程。可他，已经有3年没回过家了。

当然不是不想回。

而是因为，他不想请假被扣钱，大客车的路费他也想省下，农村里的亲戚礼数更不允许他空着手回去。

这样算下来，回一趟家的成本，无论多节省，还是得好几百。

他不舍得。

有这些钱，还不如攒起来寄给家里的亲戚，让他们帮忙整修一下房子，等房子装修得有个样子了，再回家也光彩。

于是，回家的路只有7公里远，他硬是忍了3年一次都没回去。只是一门心思攒着劲儿往家寄钱修房子。

前几天，他突然脑出血去世了。

在值班监控里看到，深夜 1 点多的时候，他还在托着下巴望着茫茫夜色出神，早上 8 点有人进来换班的时候，人已经凉了。

出殡的时候，不知道谁在号："现在房子装好了，你也回不来了。"

一只狗从人群中蹿出来，浑身的毛发板结成了脏兮兮的一整块，嶙峋的肋骨一抽一抽，冲着他的骨灰盒一阵狂吠。最后一声呜咽，一瘸一拐，没入人海。

2/

这个故事，是一个读者讲给我的。

她父亲是个小地方的老教师，一辈子都活得规规正正，不抽烟不喝酒，从未混迹过酒绿灯红的场所，也没敢奢望过诗和远方。

除去日常开销，他把所有的工资都存到卡上，期待等着退休以后，一部分留给儿女，一部分自己拿着去过以前想却没过的另一种生活。

退休政策还没调整的时候，老教师终于熬到 60 岁退休了。

那天街角喧嚣，空气中飘着湿漉漉的雨丝。

他骑着那辆骑了大半辈子的大梁自行车，车把上还挂着装了两个柚子的蓝布兜。

他从街角拐出来的时候，被一辆大货车迎面撞飞。

送到医院的时候，医生说，颅脑损伤，情况不好；治的话，前期需要先准备 20 万。

她哭着问："那这些钱花了，我爹就能治好了对吗？"

医生摇头。

钱花了最好的结果是能把人保住，不过就算保下来也是植物人了。如果不治，那就拉回家去，很快。

全家人开了最压抑的一次家庭会议。结论是，不治了。

可拉回家后，情况并没有像医生说得那样——很快。

所有的儿女都跪在老教师床前，身子止不住地颤，眼泪止不住地流。因为人还在，儿女都不敢在人还活着的时候哭丧，但都知道他很快就要不在了，所以，目睹至亲至爱在眼前慢慢死去的事情，就这样残忍而无声地进行着。

一个小时、两个小时……六个小时过去了，老教师的眼睛一直望着天花板，直勾勾，木呆呆，湿漉漉……不像是失去知觉的茫然，倒更像是对命运不公的绝望。

纵使一屋子都是人，一个人独自面对死亡的过程，依然凄凉孤单，依然无人陪伴。

当天夜里，她父亲还是走了。

睁着眼睛走的。

忙活了一辈子，以为熬出来了，结果却等来了这样一个结局。

死前的那一瞬间，一个人的灵魂会不会从病痛中脱离出来，被慷慨赐予几秒钟回光返照的清醒？

如果会的话，那一刻从他脑海中飘过的会是什么？

是贝加尔湖上穿梭在红叶中的小火车？是圣托里尼蓝色屋顶下翻滚着的海洋？是18岁那年偷偷爱过的一个姑娘？还是一个人走在空无一人的田间小路上？

想起这些，就当那天的柚子没买过，就当60年的时光从未等待过。

3/

经常有人跑来问我，轨姐，某件事我不知道该不该去做。

他们说的这些事情，包括该不该放弃一个喜欢的人，该不该逆着家里人的意思一个人去北京闯荡，该不该去跟一个对自己若即若离的男孩子表白，该不该辞掉一份待遇很好但上司一直在伺机吃自己豆腐的工作……

我往往会反过来问他们一句：如果去做了，你会被毁了吗？

如果不会，那就去做做看吧。

早恋的故事是从你喜欢的那一刻开始的，说走就走的旅行是从你开始隔三岔五查看机票又把页面关掉的那一刻开始的，与恶心的一切彻底决裂是从你在深夜中的辗转反侧难以入睡开始的。

如果当下的每一天都不是你想要的生活，那改变这一切最好的时间不是等你有钱了再说，而是现在，立刻，马上。

你只有试着做过了，你才知道那些过不去的坎究竟能不能过去，那些忘不掉的人到底能不能忘掉。

就像是电影《教授》中，得了绝症的教授对自己女儿说的那样："多蹚几趟浑水，多搞砸些事儿，然后从中提取某种值得铭记一生的智慧，而不是妈妈和爸爸的陈词滥调。"

4/

我们这一生所爱，多数并没有荒唐到匪夷所思、白日做梦、不讲道理的地步。

有人终生遗憾的，只是没有早点回家看看。

有人终生遗憾的，只是为儿女操了一辈子心、却从未有一天真正为自己而活。

我们总以为自己当下最想做的事有多奢侈，但到生命戛然而止的那一刻，你才回过神来发现，那件当初被你纠结来纠结去的事，到底有多简单、多卑微。

遗憾在这世间还有一个名字，叫人世无常。

看过这样的一段话：

你要搞清楚自己人生的剧本——不是你父母的续集，不是你子女的前传，更不是你朋友的外篇。对待生命你不妨大胆冒险一点儿，因为你好歹要失去它。如果这世界上真有奇迹，那只是努力的另一个名字。生命中最难的阶段，不是没有人懂你，而是你不懂你自己。

反正，你不能因为这样那样的借口，就要把所有的美好都设定在生命的最后时刻。

永远不要骗自己，"等有钱了以后"。

死抱着这句话不放的人，这辈子大部分的时间都会被浑浑噩噩地消耗掉。

那些让我们魂牵梦绕的小情大爱，那处让我们心心念念的诗和远方，那只在森林中穿过风声的麋鹿，那把在尘土与角落中沉睡已久的吉他，那一口吊在嗓子眼的啤酒、小龙虾，都应该随时发生在努力前行的路上。